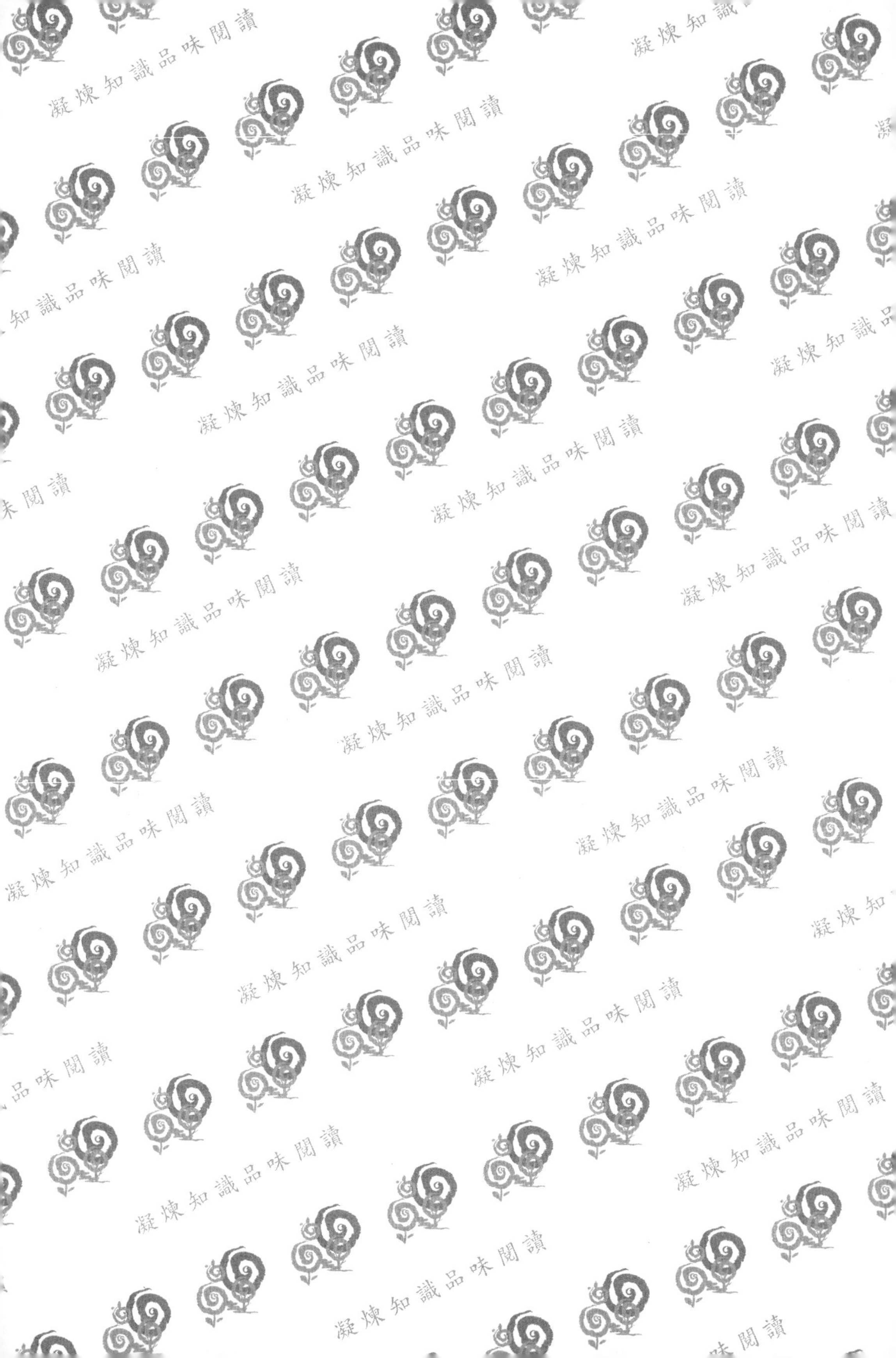
凝煉知識品味閱讀

日本名著選讀

賴衍宏 校譯、編著

◆日本推薦序

小森陽一*

本書には、五篇の小説と一篇の詩、そして十首の和歌が収められています。明治維新以後の日本において、新しく欧米の文学の影響を受けて成立した、近代小説と近代詩にあわせて、『万葉集』以来の伝統的文学でありながら、正岡子規によって近代文学として革新された近代短歌が収録されているところに、日本の近代文学の全体像を学習者に伝えようとする、本書の編者の、きわめてすぐれた文学史観があらわれています。「近代秀歌」の最初が正岡子規の「くれなゐの」であることも、編者の見識を浮き彫りにしています。

本書の編集上の特色は、日本語のテクストのあとに、翻訳がつけられ、さらに「集體評論」が付けられているところにあります。つまり、収録されている文学作品をめぐる研究史の概容が、極端な言い方をすれば、一目でわかるように編まれているのです。この「集體評論」の提示の在り方に、編者の文学研究に対するきわめて高い判断力が示されているのです。つまり、日本と台湾などの、数ある研究論文の中で、最も重要な論文とその著者を紹介するだけでなく、その論文の中で最も大切な部分を引用して示し、その引用を他の著者の引用と合わせ読むことで、当該文学作品をめぐる学説史がわかるようになっているわけです。そして、この『日本名著選読』で文学作品を学習した者が、その作品の研究をさらに一歩二歩と、先へ進めることの出来る道案内にもなっているのです。

『日本名著選読』をとおして、これらの文学作品を学ぶことによって、本書の読者のみなさんは、作品世界を正確に理解するだけでなく、その作品をめぐる研究と批評の歴史をも同時に学習することが出来るのです。本書を通じて、台湾における日本近代文学研究がよりいっそう活性化することを願って、心からの推薦をするものです。

*東京大學大學院總合文化研究科教授

◆臺灣推薦序

邱若山*

賴衍宏君是國內日本文學研究領域的中青世代傑出學者之一，尤其在日本古典文學與近代文學關聯的研究方面，其功力與成果，令我輩先行者常大感驚嘆。

此次刊行的新書，顧名思義，所編選的作家與作品，限定於廿世紀前葉，也就是日本明治末期、大正期、昭和前期的作家及其所發表的作品。收錄夏目漱石、谷崎潤一郎、森鷗外、芥川龍之介、中島敦等五位作家的五篇小說名作，分別代表明治末期二篇、大正初期二篇、昭和戰前一篇。宮澤賢治近代詩一首，近代短歌名家正岡子規、島木赤彥、與謝野晶子、會津八一、齋藤茂吉、北原白秋、若山牧水、石川啄木、吉井勇等九家十首。小說基本上按創作及發表時間排列。

在臺灣的日文相關科系裏，文學課程科目佔的比率不高；尤其是在應用日語學系，學生的學習以應用爲重心，能親近、閱讀、賞析文學作品的課堂更是偏少。然而，一種外國語言的學習，若對該語言極致表現的文學，完全不懂或毫無相關素養，則只能是膚淺的語言學習。在無法有多少餘裕可以學習日本文學的現實中，不怕少只怕無，精選作品，在有限的課堂讓學生品讀賞析，是每個日本語文相關科系的文學教師所苦思構想的要事。賴衍宏君應該也是在這樣的情況下編選了這本文學選集。

本書的特色是：每一篇章都包含㈠作品本文、㈡中文翻譯、㈢作者生平、㈣集體評論、㈤問題與討論等五個部分。其中，㈠強調以初出形態呈現；因此，學生所閱讀的是舊漢字舊假名的文本。㈣則是彙集並擷取作品相關的重要研究或評論，提供讀者深度讀解作品的參考。其間多篇包含了編者自己獨到的研究成果。本集所選的五篇小說作品，在題材或內容上都與漢籍古典有或深或淺的關係，這與編者的興趣和學問關注重點有關，可謂是特色之一。另一方面，和歌（短歌）是編者長年以來用力最深的研究領域，所提供的翻譯與評論，對引導讀者深入理解短歌的世界，一定有很大的幫助。

從編著的方式及編選作品觀之，本書適合做爲教材，也適合做爲對日本近代文學有興趣的同學精讀作品的參考書籍。希望本書能夠成爲臺灣的大學日文系在日本近代文學、名著選讀等相關科目的教學與學習上，最佳的參考。更期待本書能掀起一波深入解讀日本近代文學名著的風潮。

---

* 靜宜大學日本語文學系副教授

目次

●近代秀歌

凡例

一、作品本文部分，儘可能依據原先發表型態，重現其最初字形樣貌。原文中即使存在著新、舊字形混用的現象，也一律尊重原件。遇有疑義時，則多利用作家全集、原稿、神奈川文学振興会（編）『中島敦文庫直筆資料画像データベース』（2009、横浜：県立神奈川近代文学館）、手帳等進行校合。

二、集體評論部分，日文文獻的舊漢字儘量統一以日本現代通用字形呈現，簡體字書寫系統則改爲繁體字書寫系統。

三、括號使用方式如下：

「」：報紙、雜誌名。『』：書名。

小說

一、懸物

漱石

大刀老人は亡妻の三回忌迄には屹度一基の石碑を立てゝやらうと決心した。けれども倅の瘦腕を便に、漸く今日を過すより外には、一錢の貯蓄も出來かねて、又春になつた。あれの命日も三月八日だがなと、訴へるやうな顏をして、倅に云ふと、はあ、さうでしたつけと答へた限りである。大刀老人は、とう〳〵先祖傳來の大切な一幅を賣拂つて、金の工面をしやうと極めた。倅に、どうだらうと相談すると、倅は恨めしい程無雜作に夫が可いでせうと賛成して呉れた。倅は内務省の社寺局へ出て四十圓の月給を貰つてゐる。女房に二人の子供がある上に、大刀老人に孝養を盡すのだから骨が折れる。

老人がゐなければ大切な懸物も、とうに融通の利くものに變形した筈である。

此の懸物は方一尺程の絹地で、時代の爲に煤竹の樣な色をしてゐる。暗い座敷へ懸けると、暗澹として何が畫いてあるか分らない。老人はこれを王若水の畫いた葵だと稱してゐる。さうして、月に一二度位宛袋戸棚から出して、桐の箱の塵を拂つて、中のものを丁寧に取り出して、直に三尺の壁へ懸けては、眺めてゐる。成程眺めてゐると、煤けたうちに、古血の樣な大きな模樣がある。綠青の剝げた迹かと怪しまれる所も微かに殘つてゐる。老人は此の模糊たる唐畫の古蹟に對つて、生き過ぎたと思ふ位に住み古した世の中を忘れて仕舞ふ。ある時は懸物をじつと見詰めながら、煙草を吹かす。又は御茶を飲む。でなければ只見詰めてゐる。御爺さん、これ、なあにと小供が來て指を觸けやうとすると、始めて月日に氣が附いた様に、老人は、觸つては不可ないよと云ひながら、靜かに立つて、懸物を巻きにかゝる。すると、小供が御爺さん鐵砲玉はと聞く。うん鐵砲玉を買つて來るから、惡戯をしては不可ないよと云ひながら、そろそろと懸物を巻いて、桐の箱へ入れて、袋戸棚へ仕舞つて、さうして其處等を散歩しに出る。歸りには町内の飴屋へ寄つて、薄荷入の鐵砲玉を二袋買つて來て、そら鐵砲玉と云つて、小供にやる。伜が晩婚なので、小供は六つと四つである。

伜と相談をした翌日、老人は桐の箱を風呂敷に包んで朝早くから出た。さうして四時頃になつて、又桐の箱を持つて歸つて來た。小供が上り口迄出て、御爺さん鐵砲玉はと聞くと、老人は何にも云はずに、座敷へ來て、箱の中から懸物を出して、壁へ懸けて、ぼんやり眺め出した。四五軒の道具屋を持つて廻つたら、落款がないとか、畫が剝げてゐるとか云つて、老人の豫期した程の尊敬を、懸物に拂ふものがなかつたのださうである。

倅は道具屋は廢しになさいと云つた。老人も道具屋は不可んと云つた。二週間程してから、老人は又桐の箱を抱へて出た。さうして倅の課長さんの友達の所へ、紹介を得て見せに行つた。其の時も鐵砲玉を買つて來なかつた。倅が歸るや否や、あんな眼の明かない男にどうして讓れるものか、あすこに有るものは、みんな贋物だと、左も倅の不徳義の樣に云つた。倅は苦笑してゐた。

二月の初旬に偶然旨い傳手が出來て、老人は此の幅を去る好事家に賣つた。老人は直に谷中へ行つて、亡妻の爲に立派な石碑を誂へた。さうして其の餘りを郵便貯金にした。それから五日程立つて、常の如く散歩に出たが、いつもよりは二時間程後れて歸つて來た。其の時兩手に大きな鐵砲玉の袋を二つ抱へてゐた。賣り拂つた懸物が氣にかゝるから、もう一遍見せて貰ひに行つたら、四疊半の茶座敷にひつそりと懸かつてゐて、其の前には透き徹る樣な臘梅が活けてあつたのださうだ。老人は其處で御茶の御馳走になつたのだといふ。おれが持つてゐるよりも安心かも知れないと老人は倅に云つた。倅はさうかも知れませんと答へた。小供は三日間鐵砲玉ばかり食つてゐた。

初出：「大阪朝日新聞」1909年2月9日朝刊

永日小品（十八）

漱石

懸物

大刀老人は亡妻の三回忌迄には屹度一基の石碑を立て、やらうと決心した。けれども倅の痩腕を便に、漸く今日を過すより外には、一錢の貯も出來かねて、又春になつた。あれの命日も三月八日だがなと、訴へるやうな顏をして、倅に云ふと、はあ、さうでしたつけと答へた限りである。大刀老人は、とう〳〵先祖傳來の大切な一幅を賣拂つて、金の工面をしやうと極めた。倅に、どうだらうと相談すると、倅は恨めしい程無雜作に夫が可いでせうと贊成して呉れた。倅は内務省の社寺局へ出て四十圓の月給を貰つてゐる。女房に二人の子供がある上に、大刀老人に孝養を盡すのだから骨が折れる。老人がゐなければ大切な懸物も、とうに融通の利くものに變形した筈である。

此の懸物は方一尺程の絹地で、時代の爲に煤竹の樣な色をしてゐる。暗い座敷へ懸けると、暗澹として何が書いてあるか分らない。老人はこれを王若水の畫いた葵だと稱してゐる。さうして、月に一二度位宛袋戸棚から出して、桐の箱の塵を拂つて、中のものを丁寧に取り出して、直に三尺の壁へ懸けては、眺めてゐる。成程眺めてゐると、煤けたうちに、古血の樣な大きな模樣がある。緑青の剝げた迹かと怪しまれる所も微かに殘つてゐる。老人は此の模糊たる唐畫の古蹟に對つて、生き過ぎたと思ふ位に住み古した世の中を忘れて仕舞ふ。ある時は懸物をじつと見詰めながら、煙草を吹かす。又は御茶を飲む。でなければ只見詰めてゐる。御爺さん、これ、なあにと小供が來て指を觸けやうとすると、老人は、觸つては不可ないよと云ひながら、靜かに立つて、懸物を卷きにかゝる。すると、小供が御爺さん鐵砲玉はと聞く。うん鐵砲玉を買つて來るから、惡戲をしては不可ないよと云ひながら、そろ〳〵と懸物を卷いて、桐の箱へ入れて、袋戸棚へ仕舞つて、さうして其處等を散歩しに出る。歸りには町内の飴屋へ寄つて、薄荷入の鐵砲玉を二袋買つて來て、そら鐵砲玉と云つて、小供にやる。倅が晩婚なので、小供は六つと四つである。

倅と相談をした翌日、老人は桐の箱を風呂敷に包んで朝早くから出た。さうして四時頃になつて、又桐の箱を持つて歸つて來た。小供が上り口迄出て、御爺さん鐵砲玉はと聞くと、老人は何にも云はずに、座敷へ來て、箱の中から懸物を出して、壁へ懸けて、ぼんやり眺め出した。四五軒の道具屋を持つて廻つたら、落款がないとか、畫が剝げてゐるとか云つて、老人の豫期した程の尊敬を、懸物に拂ふものがなかつたのださうである。

倅は道具屋は廢しになさいと云つた。老人も道具屋は不可んと云つた。二週間程してから、老人は又桐の箱を抱へて出た。さうして倅の課長さんの友達の所へ、紹介を得て見せに行つた。其の時も鐵砲玉を買つて來なかつた。倅が歸るや否や、あんな眼の明かない男にどうして譲れるものか、あすこに有るものは、みんな贋物だと、左も倅の不徳義の樣に云つた。倅は苦笑してゐた。

二月の初旬に偶然旨い傳手が出來て、老人は此の幅を去る好事家に賣つた。老人は直に谷中へ行つて、亡妻の爲に立派な石碑を誂へた。さうして其の餘りを郵便貯金にした。それから五日程立つて、常の如く散歩に出たが、いつもより二時間程後れて歸つて來た。其の時兩手に大きな鐵砲玉の袋を二つ抱へてゐた。賣り拂つた懸物が氣にかゝるから、もう一遍見せて貰ひに行つたら、四疊半の茶座敷にひつそりと懸かつてゐて、其の前には透き徹る樣な臘梅が活けてあつたのださうだ。老人は其處で御茶の御馳走になつたのだといふ。おれが持つてゐるよりも安心かも知れないと老人は倅に云つた。倅はさうかも知れませんと答へた。小供は三日間鐵砲玉ばかり食つてゐた。

一事一題

▲くの字　狼狽生

○動物の中で我が嫌ひは蛇が一番嫌ひだ、鎌首を立て、赤い舌をペロリと出して我輩を三代相識の如くに白眼むから嫌ひなのではなくて「く」の字形にノロ〳〵と匍つて行くから嫌ひなのだ。

○俥に乘つて八百八橋を毎日の如くに乘り越して行く、其の度に俥曳が懸張つた荷物を積で反身になつた橋の上を引張り上げる、之が嫌ひだ、何ぞ不意に「く」の字を描かれて積荷の尻尾で我輩の俥をコツリとやられたか知れない。

○「く」の字を横に伏せると自然主義者の形象其の儘になる、若學生の「く」の字小説家の苦心の「く」の字、一つだつて本統のものはありやアしない。

○娼の「く」と鳴く聲は婦への追從「く」へぬく〳〵と言ふのは死金持の決つた愚痴、どちらも餘な聲でない。

○四十七文字から「く」の字を去て「かのおやまけ」チャンリンと唄つたら愉快だらうと思ふ。

掛軸

漱石

大刀老人決心要在亡妻兩周年忌辰之前豎立一座石碑。然而光依靠兒子那微薄的薪資，才勉勉強強能度過今日，除此之外，再也沒能貯蓄個一文半錢，輾轉又迎了春回。忌日當天也是三月初八呢！他帶著傾訴般的表情，向兒子道來，卻只換得一句：蛤，是喔！大刀老人終於決定變賣一幅傳家寶，以便籌措經費。徵詢兒子意見，兒子卻只附和了一句那可行，自外到了可恨的程度。兒子捧著內務省社寺局的飯碗月俸四十圓，下有老婆外加二子嗷嗷待哺、上有大刀老人仍須孝敬奉養，所以操勞得很。倘若老人不在，掛軸珍寶也早該變形，成了能夠提撥的銀兩了。

這幅掛軸是長寬一尺的繪絹，由於時代久遠而呈現出竹子幾經煙燻的黑褐色。掛在昏暗客廳內，則黯然無色，不知道畫的是些什麼玩藝兒。老人聲稱這是王若水的葵畫。並且，每月定期會從壁櫥取出一、兩次，拂拭桐木箱上的塵埃，謹慎小心地取出裏面的東西，直接往三尺的牆壁掛上，定睛凝視。果然停睇一久，燻煙底下，竟有著淤血般的大型圖案，也遺留著些微令人懷疑莫非是銅綠褪了色的墨迹。老人面對這幅糢糢糊糊的唐畫古蹟，便把享壽過長叫人以爲是住舊了的塵世忘得一乾二淨。有的時候，一邊盯住掛軸，抽起香菸，或是品起香茗。否則便只是凝目而望。爺爺，這，什麼東東？小孩來發問，想伸指觸摸，老人這才回神意識起年月似地，一面吩咐不可碰觸，接著靜靜起身，著手收捲掛軸。於是乎，小孩便問道，爺爺，那，子彈糖呢？乖！子彈糖我會買回來，千萬不可以調皮搗蛋喲！老人一邊交代，將掛軸緩緩捲妥，置入桐箱，藏進壁櫥，然後就外出到不遠處去散步。回程趁便光顧了街道上的飴糖店，購得兩袋薄荷口味的子彈糖歸來，賞給小孩說，喏，子彈糖！兒子由於晚婚，小孩年紀分別只有六歲、四歲。

與兒子打過商量的翌日，老人一大早便用包袱巾裹住桐箱外出了。然後到了四點左右，又抱著桐箱歸來。出房門口迎接的小孩問，爺爺，子彈糖咧？老人一語不發，來到客廳，由箱中取出掛軸，懸在壁上，茫然不解地開始凝眺。據說拿著走遍四五家古董店，有人表示缺少落款、有人表示剝落斑殘，對於掛軸的敬意完全不如老人原先所預期的程度。

兒子說道，古董店作罷了吧！老人也應和，古董店不可行。過了二週左右，老人又抱住桐箱外出去了。就那樣獲得介紹，帶去給兒子課長的友人鑑賞。當時也沒把子彈糖買回來。兒子剛一踏進家門，老人便髣髴兒子不講道義似地大發牢騷，那種沒眼光的男人，怎麼能出讓給他呢？那門子所有的，不都是贋本！兒子只好賠上苦笑。

二月初旬，偶然找到了一個好門路，老人把這幅賣給了某一位好事家。老人即刻啓程前往谷中，爲妻子訂製一座造型堂堂的石碑。就那樣把餘款存進郵政貯金。過了五天左右，一如往常出外散步，卻比平素延後了兩個小時歸來。那時，雙手已經捧著兩大袋子彈糖。脫了手的掛軸，仍然放心不下，所以，央請買家再給瞧一遍，據說四帖半的品茗室內，寂靜地懸著掛軸，前方更插飾著一株晶瑩剔透的臘梅。老人又說，在那裡接受了茶席的款待。老人對兒子感慨，寧可賣卻給他，或許咱們更能安心。兒子應了一聲，恐怕也是。小孩們則是連續三日飽啖了子彈糖。

初出：「大阪朝日新聞」1909年2月9日朝刊

作者生平

夏目漱石（なつめ - そうせき，1867-1916）江戶（=東京）人，本名夏目金之助。東京帝國大學英文科求學階段，獲聘爲東京專門學校講師，1893年畢業後，又歷任東京高等師範、松山中學、第五高等學校教職。1900年，奉文部省命令赴倫敦留學，1903年歸國後，出任第一高等學校、兼東大母校英文科講師等職期間，發表『吾輩は猫である』於正岡子規（大學預備門本科同學）生前創辦的俳句雜誌「ホトトギス」，一舉成名。1907年，辭卻教職，應邀進入朝日新聞社擔任專屬作家。其作風傾向於反抗自然主義、而以餘裕面對現

◆漱石之墓（東京）

實，故名「餘裕派」。前期三部作是『三四郎』『それから』『門』，後期三部作則是『彼岸過迄』『行人』『こころ』。1911年，文部省決定頒授博士學位給漱石，但他始終拒絕接受。晚年，苦於糖尿病、胃潰瘍等頑疾。日本近代文學史上，與森鷗外並稱為二大文豪。有『漱石全集』（1993-99、東京：岩波書店）傳世。

集體評論

◎高田瑞穂（「漱石の小品・随筆について」（「国文学 解釈と教材の研究」1956年10月））

（略）小品ながら、一箇短篇小説の体をなしているが、素材的には、やはり身辺雑事物と見ていいと思う。

◎檜山久雄（「魯迅の見た漱石」（「ユリイカ」1977年11月））

しかし、『懸物』という片々たる小品一つの選定からあまりたくさんの意味をとりだそうとするのは、針小棒大のそしりをまぬがれまい。要するに魯迅の好みだと言ってしまえば、それで済むことなのかもしれない。

◎蔡文波（「一首無韵的小詩—讀夏目漱石的『掛幅』」（「語文月刊」1985年第7-8期））

小說中的夫妻情、父子情、祖孫情、友人情，都圍繞著掛幅來描寫，掛幅成了溝連各種社會關係的集合物，成了感情是否聖潔的試金石，成了作品維繫一體的線索。

◎芳賀徹（「二〇世紀の最前線にある漱石—『永日小品』の可能性」（「漱石研究」1993年10月））

①（略）面白い一篇は、「懸物」である。

②一方では、ホーフマンスタールに通じ、あるいはハヴェロック・エリスにも通じるような夢想化された体験を語っていながら、他方では自分が生きている時代の文化と社会の複層性を描きとめている。

◎秦弓（「選擇與理解——五四時期譯介日本文學的一種現象」（「中國現代文學研究叢刊」1996年2期））

①『掛幅』寫大刀老人非常眷愛一幅祖傳的珍貴的唐人古畫。但要在亡妻周年忌日為她立一塊石碑，因經濟拮据不得不變賣這幅古畫。經過一番奔波，終於如願，但對那幅畫卻放心不下。後去買主家見古畫掛在啜茗室裏，才放下心來。

②（略）作品確實以細膩的筆致包蘊著耐人咀嚼的文化意味，但只能說是夏目漱石文化品味的一種流露，而遠未達及夏目漱石深邃的文化魂。

◎芳賀徹（「漱石のなかの絵—王若水の「懸物」をめぐって」（東京芸術大学大学美術館、東京新聞（編）『夏目漱石の美術世界』（2013、東京：東京新聞））

一幅の中国古画の運命を語って、徳川と明治、江戸と東京、老年と新世代、典雅と俗悪の間の一様ならざる不連続と連続とを描いた短編であった。老人と古画との共生と別離を語ってなんとも美しい小品であった、と言うべきであろう。

◎賴衍宏（「夏目漱石「掛軸」與高濂『遵生八牋』」（「銘傳學刊」2015年5月））

①若細讀原作，不難發現「御茶を飲む」（魯迅譯：喝茶）、「四畳半の茶座敷」（魯迅譯：四席半的啜茗室）、「御茶の御馳走になつた」（魯迅譯：受了香茗的招待）等字裡行間，「茶」字竟反覆出現了三回。（略）筆者認爲有必要從「掛軸」本文所重視的「茶」文化視點出發，先從日本茶道用語的角度去探討文本；其次，再將考察的視野擴及中國茶書，徹底調查明、清茶書與『永日小品・掛軸』之間若隱若顯的某些關係，否則，該作品的基本性格將難以獲致最正確的定位。

②在日本茶書方面，茶道術語引導我們精確地判斷出夏目漱石在買賣雙方交易上所設計的意圖，賣方尋求的並非惟錢是逐的「目利」，而是深諳茶道的「目利者」；買方也

透過購入中國元代畫軸的行爲，從中獲致了足以博得「茶人」美名的張本。「大刀老人」命名的來源，似乎也出自明治時代百科全書所揭載的茶書。

③ 在中國茶書方面，『遵生八牋』展現出來的文房品味，正是日本茶道界壁龕裝飾發展的基礎所在。檢視整個『遵生八牋』，讓我們終於能夠認清「臘梅」「王若水」的作用在於營造「妙」「雅」的氛圍，買賣雙方分別歸屬於「好事家」「賞鑑家」的構造也一併浮現。更重要的是，「葵」「梅」原來是中國文房趣味上一種平板的審美觀，經漱石提煉出來之後一舉成爲壁龕裝飾上立體的美學構圖。

④ （略）主題雖然是在彌補一種殘缺的愛情，但在茶文化的層層鋪陳之下，賣方主角一家老小得到了心靈、物質雙方面的撫慰，同時也順便爲買方好事家進階成一位「茶道名人」。

問題與討論

一、現有一家哈日出版社打算推出夏目漱石『永日小品・懸物』的漫畫，請協助寫出恰好三行的廣告詞。

二、麒麟

谷崎潤一郎

鳳兮。鳳兮。何德之衰。
往者不可諫。來者猶可追。已而。已而。今之從政者殆而。

西暦紀元前四百九十三年。左丘明、孟軻、司馬遷等の記録によれば、魯の定公が十三年目の郊の祭を行はれた春の始め、孔子は數人の弟子達を車の左右に従へて、其の故郷の魯の國から傳道の途に上つた。

泗水の河の畔には、芳草が青々と芽ぐみ、防山、尼丘、五峯の頂の雪は溶けても、沙漠の砂を摑むで來る匈奴のやうな北風は、いまだに烈しい冬の名殘を吹き送つた。元氣

の好い子路は紫の貂（てん）の裘（かはごろも）を飜して、一行の先頭に進んだ。考深い眼つきをした顏淵、篤實らしい風采の曾參が、麻の履を穿いて其の後に續いた。正直者の御者の樊遲は、駟馬の銜（くつわ）を執りながら、時々車上の夫子が老顏を窃み視て、傷ましい放浪の師の身の上に涙を流した。

或る日、いよ〳〵一行が、魯の國境までやつて來ると、誰も彼も名殘惜しさうに、故鄉の方を振り顧つたが、通つて來た路は龜山の蔭にかくれて見えなかつた。すると孔子は琴を執つて、

われ魯を望まんと欲すれば、

龜山之を蔽ひたり。

手に斧柯なし、

龜山を奈何にせばや。

かう云つて、さびた、皺嗄れた聲でうたつた。

それからまた北へ北へと三日ばかり旅を續けると、ひろ〴〵とした野に、安らかな、屈托のない歌の聲が聞えた。それは鹿の裘に索の帶をしめた老人が、畦路に遺穗を拾ひながら、唄つて居るのであつた。

『由や、お前にはあの歌がどう聞える。』

と、孔子は子路を顧みて訊ねた。

『あの老人の歌からは、先生の歌のやうな哀れな韻が聞えません。大空を飛ぶ小鳥のやうな、恣な聲で唄うて居ります。』

『さもあらう。彼こそ古の老子の門弟ぢや。林類と云うて、もはや百歳になるであらうが、あの通り春が來れば畦に出て、何年となく歌を唄うては穗を拾うて居る。誰か彼處へ行つて話をして見るがよい。』

かう云はれて、弟子の一人の子貢は、畑の畔へ走つて行つて老人を迎へ、尋ねて云ふには、

『先生は、さうして歌を唄うては、遺穗を拾つて居らつしやるが、何も悔いる所はありませぬか。』

しかし、老人は振り向きもせず、餘念もなく遺穗を拾ひながら、一歩一歩に歌を唄つ

て止まなかつた。子貢が猶も其の跡を追うて聲をかけると、漸く老人は唄ふことをやめて、子貢の姿をつく〴〵と眺めた後

『わしに何の悔（くい）があらう。』

と云つた。

『先生は幼い時に行を勤めず、長じて時を競はず、老いて妻子（つまこ）もなく、漸く死期が近づいて居るのに、何を樂しみに穗を拾うては、歌を唄うておいでなさる。』

すると老人は、から〳〵と笑つて、

『わしの樂しみとするものは、世間の人が皆持つて居て、却つて憂として居る。幼い時に行を勤めず、長じて時を競はず。老いて妻子（つまこ）もなく、漸く死期が近づいて居る。そ

れだから此のやうに樂しんで居る。』

『人は皆長壽を望み、死を悲しむで居るのに、先生はどうして、死を樂しむ事が出來ますか。』

と、子貢は重ねて訊いた。

『死と生とは、一度往つて一度反るのぢや。此處で死ぬのは、彼處で生れるのぢや。わしは、生を求めて齷齪するのは惑ぢやと云ふ事を知つて居る。今死ぬるも昔生れたのと變りはないと思うて居る。』

老人は斯く答へて、また歌を唄ひ出した。子貢には言葉の意味が解らなかつたが、戻つて來て其れを師に告げると、

『なか〳〵話せる老人であるが、然し其れはまだ道を得て、至り盡さぬ者と見える。』

と、孔子が云つた。

それからまた幾日も〳〵、長い旅を續けて、箕水の流を渉つた。夫子が戴く緇布（くろぬの）の冠は埃（ほこり）にまびれ、狐の裘は雨風に色褪せた。

『魯の國から孔丘と云ふ聖人が來た。彼の人は暴虐な私達の君や妃に、幸な教と賢い政とを授けてくれるであらう。』

衞の國の都に入ると、巷の人々はかう云つて一行の車を指した。其の人々の顔は饑と疲に羸せ衰へ、家々の壁は嗟きと愁しみの色を湛へて居た。其の國の麗しい花は、王宮の妃の眼を喜ばす爲めに移し植ゑられ、肥えたる豕は、妃の舌を培ふ爲めに召し上げられ、のどかな春の日が、灰色のさびれた街を徒に照らした。さうして、都の中央の丘の上には、五彩の虹を繡ひ出した宮殿が、血に飽いた猛獸の如くに、屍骸のやうな街を瞰下して居た。其の宮殿の奥で打ち鳴らす鐘の響は、猛獸の嘯くやうに國の四方へ轟いた。

『由や、お前にはあの鐘の音がどう聞える。』

と、孔子はまた子路に訊ねた。

『あの鐘の音は、天に訴へるやうな果敢ない先生の調とも違ひ、天にうち任せたやうな自由な林類の歌とも違つて、天に背いた歡樂を讚へる、恐ろしい意味を歌うて居ります。』

『さもあらう。あれは昔衞の襄公が、國中の財（たから）と汗とを絞り取つて造らせた、林鐘と云ふものぢや。その鐘が鳴る時は、御苑の林から林へ反響（こだま）して、あのやうな物凄い音を出す。また暴政に苛（さいな）まれた人々の呪と涙とが封じられて居て、あのやうな恐ろしい音を出す。』

と、孔子が教へた。

衞の君の靈公は、國原（くなばら）を見晴るかす靈臺の欄に近く、雲母の硬屏（ついたて）瑪瑙の榻を運ばせて、青雲の衣を纏ひ、白霓の裳裾を垂れた夫人の南子と、香の高い秬鬯を酌み交はしな

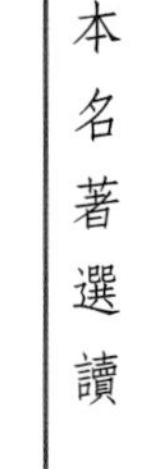

がら、深い霞の底に眠る野山の春を眺めて居た。

『天にも地にも、うらゝかな光が泉のやうに流れて居るのに、何故私の國の民家では美しい花の色も見えず、快い鳥の聲も聞えないのであらう。』

から云つて、公は不審の眉を顰めた。

『それは此の國の人民が、わが公の仁徳と、わが夫人の美容とを讚へるあまり、美しい花とあれば、悉く獻上して宮殿の園生の牆に移し植ゑ、國中の小鳥までが、一羽も殘らず花の香を慕うて、園生の繞りに集る爲めでございます。』

と、君側に控へた宦者の雍渠が答へた。すると其の時、さびれた街の靜かさを破つて、靈臺の下を過ぎる孔子の車の玉鸞が珊珊と鳴つた。

『あの車に乘つて通る者は誰であらう。　あの男の顙は堯に似て居る。あの男の目は舜に似て居る。あの男の項は皐陶に似て居る。肩は子產に類し、腰から下が禹に及ばぬこと三寸ばかりである。』

と、これも側に伺候して居た將軍の王孫賈が、驚きの眼を見張つた。

『しかし、まあ彼の男は、何と云ふ悲しい顏をして居るのだらう。將軍、卿は物識だから、彼の男が何處から來たか、妾に教へてくれたがよい。』

かう云つて、南子夫人は將軍を顧み、走り行く車の影を指した。

『私は若き頃、諸國を遍歷しましたが、周の史官を務めて居た老聃と云ふ男の他には、まだ彼れ程立派な相貌の男を見たことがありませぬ。あれこそ、故國の政に志を得ないで、傳道の途に上つた魯の聖人の孔子であらう。其の男の生れた時、魯の國には麒麟が現れ、天には和樂の音が聞えて、神女が天降つたと云ふ。其の男は牛の如き唇と、虎の如き掌と、龜の如き背とを持ち、身の丈が九尺六寸あつて、文王の容體（かたち）を備へて居ると云ふ。彼こそ其の男に違ありませぬ。』

かう王孫賈が說明した。

『其の孔子と云ふ聖人は、人に如何なる術を教へる者である。』

と靈公は手に持つた盃を乾して、將軍に問うた。

『聖人と云ふ者は、世の中の凡べての智識の鍵を握つて居ります。然し、あの人は、專ら家を齊へ、國を富まし、天下を平げる政の道を、諸國の君に授けると申します。』

将軍が再びかう說明した。

『わたしは世の中の美色を求めて南子を得た。　また四方の財寶を萃めて此の宮殿を造つた。此の上は天下に覇を唱へて、此の夫人と宮殿とにふさはしい權威を持ちたく思うて居る。どうかして其の聖人を此處へ呼び入れて、天下を平げる術を授かりたいものぢや。』

と、公は卓を隔てゝ對して居る夫人の唇を覩つた。何となれば、平生公の心を左右するものは、彼自身の言葉でなくつて、南子夫人の唇から洩れる言葉であつたから。

『妾は世の中の不思議と云ふ者に遇つて見たい。あの悲しい顏をした男が眞(まこと)の聖人なら、妾にいろ〳〵の不思議を見せてくれるであらう。』

かう云つて、夫人は夢みる如き瞳を上げて、遙に隔たり行く車の跡を眺めた。

孔子の一行が北宮の前にさしかゝつた時、賢い相を持つた一人の官人が、多勢の供を從へ、屈產の駟馬に鞭撻ち、車の右の席を空けて、恭しく一行を迎へた。

『私は靈公の命をうけて、先生をお迎へに出た仲叔圉と申す者でございます。先生が此の度傳道の途に上られた事は、四方の國々までも聞えて居ります。長い旅路に先生の翡翠の蓋は風に綻び、車の軛(くびき)からは濁つた音が響きます。願はくは此の新しき車に召し替へられ、宮殿に駕を枉げて、民を安んじ、國を治める先生の道を我等の公(きみ)に授け給へ。先生の疲勞を癒やす爲めには、西圃の南に水晶のやうな溫泉が沸々と沸騰(たぎ)つて居ります。先生の咽喉を濕ほす爲めには、御苑の園生に、芳ばしい柚、橙、橘が、甘い汁を含んで實つて居ります。先生の舌を慰める爲めには、苑囿の檻の中に、肥え太つた豕、熊、豹、牛、羊が蓐のやうな腹を抱へて眠つて居ります。願はくは、二月も、三月も、一年も、十年も、此の國に車を駐めて、愚な私達の曇りたる心を啓き、盲ひたる眼を開き給へ。』

と仲叔圉は車を下りて、慇懃に挨拶をした。

『私の望む所は、莊麗な宮殿を持つ王者の富よりは、三王の道を慕ふ君公の誠であります。萬乘の位も桀紂の奢の爲めには尙足らず、百里の國も堯舜の政を布くに狹くはありませぬ。靈公がまことに天下の禍を除き、庶民の幸を圖る御志ならば、此の國の土に私の骨を埋めても悔いませぬ。』

斯く孔子が答へた。

やがて一行は導かれて、宮殿の奥深く進んだ。一行の黒塗の沓は、塵も止めぬ砥石の床に戞々と鳴つた。

慘々たる女手、
以て裳を縫ふ可し。

と、聲をそろへて歌ひながら、多勢の女官が、梭の音たかく錦を織つて居る織室の前も通つた。綿のやうに咲きこぼれた桃の林の蔭からは、苑囿の牛の懶(ものう)げに呻る聲も聞えた。

靈公は賢人仲叔圉のはからひを聽いて、夫人を始め一切の女を遠ざけ、歡樂の酒の沁みた唇を濯ぎ、衣冠正しく孔子を一室に招じて、國を富まし、兵を強くし、天下に王となる道を質した。

しかし、聖人は人の國を傷け、人の命を損ふ戰の事に就いては、一言も答へなかつた。また民の血を絞り、民の財を奪ふ富の事に就いても教へなかつた。さうして、軍事よりも、生産よりも、第一に道徳の貴い事を嚴に語つた。力を以て諸國を屈服する覇者の道と、仁を以て天下を懐ける王者の道との區別を知らせた。

『公がまことに王者の德を慕ふならば、何よりも先づ私の慾に打ち克ち給へ。』

これが聖人の誡であつた。

其の日から靈公の心を左右するものは、夫人の言葉でなくつて、聖人の言葉であつた。朝には廟堂に參して正しい政の道を孔子に尋ね、夕には靈臺に臨んで天文四時の運行を、孔子に學び、夫人の閨を訪れる夜とてはなかつた。錦を織る織室の梭の音は、六藝を學ぶ官人の弓弦の音、蹄の響、篳篥の聲に變つた。一日、公は朝早く獨り靈臺に上つて、國中を眺めると、野山には美しい小鳥が囀り、民家には麗しい花が開き、百姓は畑に出て公の德を讚へ歌ひながら、耕作にいそしんで居るのを見た。公の眼からは、熱い感激の涙が流れた。

『あなたは、何を其のやうに泣いて居らつしやる。』

其の時、ふと、かう云ふ聲が聞えて、魂をそゝるやうな甘い香が、公の鼻を嬲つた。其れは南子夫人が口中に含む鷄舌香と、常に衣に振り懸けて居る西域の香料、薔薇水の匂であつた。久しく忘れて居た美婦人の體から放つ香氣の魔力は、無殘にも玉のやうな公の心に、鋭い爪を打ち込まうとした。

『何卒お前の其の不思議な眼で、私の瞳を眠めてくれるな。其の柔い腕で、私の體を縛つてくれるな。私は聖人から罪惡に打ち克つ道を教はつたが、まだ美しきものゝ力を防ぐ術を知らないから。』

と靈公は夫人の手を拂ひ除けて、顏を背けた。

『あゝ、あの孔丘と云ふ男は、何時の間にかあなたを妾の手から奪つて了つた。妾が昔からあなたを愛して居なかつたのに不思議はない。しかし、あなたが妾を愛さぬと云ふ法はありませぬ。』

かう云つた南子の唇は、激しい怒に燃えて居た。夫人には此の國に嫁ぐ前から、宋の公子の宋朝と云ふ密夫があつた。夫人の怒は、夫の愛情の衰へた事よりも、夫の心を支配する力を失つた事にあつた。

『私はお前を愛さぬと云ふではない。今日から私は、夫が妻を愛するやうにお前を愛しよう。今迄私は、奴隷が主に事へるやうに、人間が神を崇（あが）めるやうに、お前を愛して居た。私の國を捧げ、私の富を捧げ、私の民を捧げ、私の命を捧げて、お前の歡を購ふ事が、私の今迄の仕事であつた。けれども聖人の言葉によつて、其れよりも貴い仕事のある事を知つた。今迄はお前の肉體の美しさが、私に取つて最上の力であつた。しかし、聖人の心の響は、お前の肉體よりも更に強い力を私に與へた。』

この勇ましい決心を語るうちに、公は知らず識らず額を上げ肩を聳やかして、怒れる夫人の顔に面した。

『あなたは決して妾の言葉に逆ふやうな、強い方ではありませぬ。あなたはほんたうに哀なんだ。世の中に自分の力を持つて居ない人程、哀な人はありますまい。妾はあなたを直ちに孔子の掌から取り戻すことが出來ます。あなたの舌は、たつた今立派な言を云つた癖に、あなたの瞳は、もう恍惚(うつとり)と妾の顔に注がれて居るではありませんか。妾は凡べての男の魂を奪ふ術(すべ)を得て居ます。妾はやがて彼の孔丘と云ふ聖人をも、妾の捕虜(とりこ)にして見せませう。』

と、夫人は誇りかに微笑みながら、公を流眄(ながしめ)に見て、衣摺れの音荒く靈臺を去つた。

其の日まで平靜を保つて居た公の心には、既に二つの力が相鬩いで居た。

『此の衞の國に來る四方[1]の君子は、何を措いても必ず妾に拜謁を願はぬ者はない。聖人は禮を重んずる者と聞いて居るのに、何故姿を見せないのであらう。』

斯く、宦者の雍渠が夫人の旨を傳へた時に、謙讓な聖人は、其れに逆ふことが出來なかつた。

孔子は一行の弟子と共に、南子の宮殿に伺候して北面稽首した。南に面する錦繡の帷(まく)の奥には、纔に夫人の繡履がほの見えた。夫人が項を下げて一行の禮に答ふる時、頸飾の步搖と腕鐶(うでわ)の瓔珞の珠の、相摶つ響が聞えた。

『この衛の國を訪れて、妾の顔を見た人は、誰も彼も「夫人の額は妲[2]妃に似て居る。夫人の目は褒姒に似て居る。」と云つて驚かぬ者はない。先生が眞の聖人であるならば、三王五帝の古から、妾より美しい女が地上に居たかどうかを、妾に教へては呉れまいか。』

かう云つて、夫人は帷を排して晴れやかに笑ひながら、一行を膝近く招いた。鳳王の冠を戴き、黃金の釵、玳瑁の笄を挿して、鱗衣霓裳を纏つた南子の笑顏は、日輪の輝く如くであつた。

1「方」字原無，據谷崎潤一郎『谷崎潤一郎全集　第一卷』（1958、東京：中央公論社）補入。
2原「姐」字，據『谷崎潤一郎全集　第一卷』改正。另一處亦然。

『私は高い徳を持つた人の事を聞いて居ります。しかし、美しい顔を持つた人の事を知りませぬ。』

と孔子が云つた。さうして南子が再び尋ねるには、

『妾は世の中の不思議なもの、珍らしいものを集めて居る。妾の廩（くら）には大屈の金もある。垂棘の玉もある。妾の庭には僂句の龜も居る。崑崙の鶴も居る。けれども妾はまだ、聖人の生れる時に現れた麒麟と云ふものを見た事がない。また聖人の胸にあると云ふ、七つの竅（あな）を見た事がない。先生がまことの聖人であるならば、妾に其れを見せてはくれまいか。』

すると、孔子は面（おもて）を改めて、嚴格な調子で、

『私は珍らしいもの、不思議なものを知りませぬ。私の學んだ事は、匹夫匹婦も知つて居り、又知つて居らねばならぬ事ばかりでございます。』

と答へた。夫人は更に言葉を柔げて、

『妾の顏を見、妾の聲を聞いた男は、顰めたる眉をも開き、曇りたる顏をも晴れやかにするのが常であるのに、先生は何故いつまでも其のやうに、悲しい顏をして居られるのであらう。妾には悲しい顏は凡べて醜く見える。妾は宋の國の宋朝と云ふ若者を知つて居るが、其の男は先生のやうな氣高い額を持たぬ代りに、春の空のやうなうらゝかな瞳を持つて居る。また妾の近侍に、雍渠と云ふ宦者が居るが、其の男は先生のやうな嚴な聲を持たぬ代りに、春の鳥のやうな輕い舌を持つて居る。先生がまことの聖人であるならば、豊かな心にふさはしい、麗かな顔を持たねばなるまい。妾は今先生の顔の憂の雲を拂ひ、惱ましい影を拭うて上げる。』

と、左右の近侍を顧みて、一つの函を取り寄せた。

『妾はいろ〳〵の香を持つて居る。此の香氣を惱める胸に吸ふ時は、人はひたすら美しい幻の國に憧れるであらう。』

かく云ふ言葉の下に、金冠を戴き、蓮花の帶をしめた七人の女官は、七つの香爐を捧げて、聖人の周圍を取り繞(ま)いた。

夫人は香函を開いて、さま〴〵の香を一つ一つ香爐に投げた。七すぢの重い烟は、錦繡の帷を這ふて靜に上つた。或は黄に、或は紫に、或は白き檀香の烟には、南の海の底の、幾百年に亙る奇(く)しき夢がこもつて居た。十二種の鬱金香は、春の霞に育(はぐゝ)まれた芳草の精の、凝つたものであ[3]つた。大石香の澤中に棲む龍の涎を、練り固めた龍涎香の香、交州に生るゝ密香樹の根より造つた沈香の氣は、人の心を、遠く甘い想像の國に誘ふ力があつた。しかし、聖人の顏の曇は深くなるばかりであつた。

夫人はにこやかに笑つて、

『おゝ、先生の顏は漸く美しう輝いて來た。妾はいろ〱の酒と杯とを持つて居る。香の烟が、先生の苦い魂に甘い汁を吸はせたやうに、酒のしたゝりは、先生の嚴(いかめ)しい體に、くつろいだ安樂を與へるであらう。』

3「あ」字原無，據『谷崎潤一郎全集　第一卷』補入。

斯く云ふ言葉の下に、銀冠を戴き、蒲桃の帶を結んだ七人の女官は、様々の酒と杯とを恭々しく卓上に運んだ。

夫人は、一つ一つ珍奇な杯に酒を酌むで、一行にすゝめた。其の味はひの妙（たへ）なる働きは、人々に正しきものゝ値（あたひ）を卑しみ、美しき者の値を愛づる心を與へた。碧光を放つて透き徹る碧瑤の杯に盛られた酒は、人間の嘗て味はぬ天の歡樂を傳へた甘露の如くであつた。紙のやうに薄い青玉色の自暖の杯に、冷えたる酒を注ぐ時は、少頃にして沸々と熱し、悲しき人の腸をも燒いた。南海の鰕（えび）の頭を以て作つた鰕魚頭の杯は、怒れる如く紅き數尺の鬚を伸ばして、浪の飛沫（しぶき）の玉のやうに金銀を鏤めて居た。しかし、聖人の眉の顰みは濃くなるばかりであつた。

夫人はいよ〱にこやかに笑つて、

『先生の顏は、更に美しう輝いて來た。 妾はいろ〱の鳥と獸との肉を持つて居る。香の烟に魂の惱みを濯ぎ、酒の力に體の括りを弛めた人は、豐かな食物を舌に培はねばならぬ。』

かく云ふ言葉の下に、珠冠を戴き、茱萸[4]の帶を結んだ七人の女官は、さま〲の鳥と獸との肉を、皿に盛つて卓上に運んだ。

夫人はまた其の皿の一つ一つを一行にすゝめた。その中には玄豹の胎(はらゝご)もあつた。丹穴

4原「茱」字，參照宋之問「江南行」（『文苑英華』）的「懶結茱萸帶」改之。

の鶵もあつた。昆山龍の脯(ほしにく)、封獸の蹯もあつた。其の甘い肉の一片(ひら)を口に啣む時は、人の心に凡べての善と惡とを考へる暇(いとま)はなかつた。しかし、聖人の顔の曇は晴れなかつた。

夫人は三度にこやかに笑つて、

『あゝ、先生の姿は益立派に、先生の顔は愈美しい。あの幽妙な香を嗅ぎ、あの辛辣な酒を味はひ、あの濃厚な肉を啖うた人は、凡界の者の夢みぬ強く、激しく、美しき荒唐な世界に生きて、此の世の憂と悶とを逃れることが出來る。妾は今先生の眼の前に、其の世界を見せて上げやう。』

かく云ひ終るや、近侍の宦者を顧みて、室の正面を一杯に劃(しきつ)た帳(とばり)の蔭を指し示した。

深い皺を疊んでどさりと垂れた錦の帷は、中央から二つに割れて左右へ開かれた。帳の彼方は庭に面する階(きざはし)であつた。階の下、芳草の青々と萠ゆる地の上に、暖な春の日に照らされて或は天を仰ぎ、或は地につくばひ、躍りかゝるやうな、鬪ふやうな、さま〴〵な形をした姿のものが、數知れず轉び合ひ、重り合つて蠢(うごめ)いて居た。さうして或る時は太く、或る時は細く、哀な物凄い叫びと囀が聞えた。ある者は咲き誇れる牡丹の如く朱(あけ)に染み、ある者は傷ける鳩の如く戰(おのゝ)いて居た。其れは半は此の國の嚴しい法律を犯した爲め、半は此の夫人の眼の刺激となるが爲めに、酷刑を施さるゝ罪人の群であつた。一人として衣を纏へる者もなく、完き膚の者もなかつた。其の中には夫人の惡徳を口にしたばかりに、炮烙に顏を毀たれ、頸に長枷を嵌めて、耳を貫かれた男達もあつた。靈公の心を惹いたばかりに夫人の嫉妬を買つて、鼻を劓(そ)がれ、兩足を刖(た)たれ、鐵の索に繫がれた美女もあつた。其の光景を恍惚と眺め入る南子の顔は、詩人の如く美しく、哲人の如く嚴肅であつた。

『妾は時々靈公と共に車を驅つて、此の都の街々を過ぎる。さうして、若し靈公が情ある眼つきで、流眄（ながしめ）を與へた往來の女があれば、皆召し捕へてあのやうな運命を授ける。妾は今日も公と先生とを伴つて都の市中を通つて見たい。あの罪人達を見たならば、先生も妾の心に逆ふ事はなさるまい。』

かう云つた夫人の言葉には、人を壓し付けるやうな威力が潛むで居た。優しい眼[5]つきをして、酷い言葉を述べるのが、此の夫人の常であつた。

西曆紀元前四百九十三年の春の某の日、黃河と淇水との間に挾[6]まれる商墟の地、衞の國都の街を駟馬に練らせる二輛の車があつた。兩人の女孺、翳（は）を捧げて左右に立ち、多數の文官女官を周圍に從へた第一の車には、衞の靈公、宦者雍渠と共に、妲妃褒姒の心を心とする南子夫人が乘つて居た。數人の弟子に前後を擁せられて、第二の車に乘る者は、堯舜の心を心とする陬の田舍の聖人孔子であつた。

『あゝ、彼の聖人の德も、あの夫人の暴虐には及ばぬと見える。今日からまた、あの夫人の言葉が此の衞の國の法律となるであらう。』

『あの聖人は、何と云ふ悲しい姿をして居るのだらう。あの夫人は何と云ふ驕(たかぶ)つた風をして居るのだらう。しかし、今日程夫人の顏の美しく見えた事はない。』

巷に佇む庶民の群は、口々にかう云つて、行列の過ぎ行くのを仰ぎ見た。

其の夕、夫人は殊更美しく化粧して、夜更くるまで自分の閨の錦繡の蓐に、身を橫へ

5原「眠」字，據『谷崎潤一郎全集　第一巻』改正。
6原「狹」字，據『谷崎潤一郎全集　第一巻』改正。

て待つて居ると、やがて忍びやかな履の音がして、戸をほと〳〵と叩く者があつた。

『あゝ、たうとう貴郎（あなた）は戻つて來た。　あなたは再び、さうして長へに、妾の抱擁から逃れてはなりませぬ。』

と、夫人は兩手を擴げて、長き袂の裏（うら）に靈公をかゝへた。其の酒氣に燃えたるしなやかな腕（かひな）は、結んで解けざる縛（いまし）めの如くに、靈公の體を抱いた。

『私はお前を憎むで居る。お前は恐ろしい女だ。　お前は私を亡ぼす惡魔だ。しかし私はどうしても、お前から離れる事が出[7]來ない。』

と、靈公の聲はふるへて居た。夫人の眼は惡の誇に輝いて居た。

翌くる日の朝、孔子の一行は、曹の國をさして再び傳道の途に上つた。

『吾未見好德如好色者也。』

これが衞の國を去る時の、聖人の最後の言葉であつた。此の言葉は、彼の貴い論語と云ふ書物に載せられて、今日迄傳はつて居る。

初出：「新思潮」1910年9月

◆初出目次

7原「事」字，據『谷崎潤一郎全集　第一卷』改正。

麒麟

谷崎潤一郎

鳳兮。鳳兮。何德之衰。
往者不可諫。來者猶可追。已而。已而。今之從政者殆而。

西曆紀元前四百九十三年。根據左丘明、孟軻、司馬遷等人記錄顯示：魯定公舉行第十三年郊祭初春，孔子座車由數名弟子隨侍左右，從其故鄉魯國踏上了傳道之途。

泗水河畔，芳草青青抽出嫩芽，防山、尼丘、五峯山頂雪即便消溶，北風一如攫住沙漠砂塵而來的匈奴，仍在吹送隆烈玄冬的餘威。元氣十足的子路翩翻著紫色貂裘，引導一行人前進。神情深思而熟慮的顏淵、具有篤實風采的曾參，穿著麻履跟續其後。正直的御者樊遲，一邊手執駟馬轡頭，不時竊視車上夫子的衰老容顏，爲著老師四處漂泊的心酸境遇流下了眼淚。

某日，一行人終究抵達了魯國邊界，每個人都依依不捨地回首，走過的路途已經隱沒於龜山之陰，不得而見。於是孔子執琴，用蒼老而沙啞的嗓音歌詠：

　吾欲望魯兮，龜山蔽之。手無斧柯，奈龜山何！

於是，又一路朝北連續展開三天的旅程，在廣袤的原野裡，傳來了安詳無虞的歌聲。那是一位鹿裘上繫著索帶的老人在田間小道拾取落穗，一邊歌唱著。

『由呀，那首歌你聽起來怎樣？』

孔子指顧著子路訊問。

『那位老人的歌聲裡，聽不出老師歌曲中的哀韻；倒像是騰空飛舞的一隻小鳥隨心所欲的聲音在歌唱著。』

『可能沒錯。他正是往日老子門下的弟子，名叫林類，早就已經年屆百歲了，卻仍然像那樣每逢春天就來到田埂，唱著歌拾著穗也不知經過幾個年頭了。最好有誰能去他那邊問個話。』

接奉口諭，一位弟子子貢便朝田埂奔馳而去，迎面向老人詢問：

『老先生您那樣唱著歌、拾著落穗，沒有任何憾悔的地方嗎？』

但是，老人未加以理睬，專心地拾著落穗，一步接一步歌唱個不停。子貢仍趕上其腳步喊了一聲，好不容易老人停止了歌唱，仔細打量子貢的形貌之後，說道：

『我有什麼好憾悔的？』

『老先生您幼時不勤行，長大不競時，老來無妻子，死期逐漸接近，卻引以什麼爲樂，每拾一穗、便把歌來唱？』

於是，老人哈哈笑著說：

『我引以爲樂的東西，世人一概都有，卻都引以爲憂。正因爲幼時不勤行、長大不競時、老來無妻子、死期逐漸接近，所以我才這般樂在其中。』

『人們都冀望長壽，悲傷著死亡，老先生您卻爲什麼能樂觀著死亡？』

子貢重複詢問。

『死與生，是一往與一反。在此處死，即在彼處生。我知道汲汲營營於求生是溺惑，今日死與昔日生，我認爲並沒有兩樣。』

老人如此回答，又唱起歌來了。子貢不瞭解那席話的意涵，重返原處向老師稟告，孔子道：

『老先生頗爲能言善辯，然而，依我看他未盡完全得道。』

然後，又連續數日長途行旅，經涉了箕水之流。夫子頭戴的緇布之冠沾滿了塵埃，狐裘在櫛風沐雨之中褪了色。

『魯國來了一位名叫孔丘的聖人。他將會爲我們暴虐的君王、妃子，傳授幸福的教誨與賢明的政治吧！』

一進入衞國都城，閭巷的人們便朝著一行的座車指點談論著。那些百姓都因爲饑疲交迫而面帶瘦弱衰顏，每家牆壁上都泛著愁歎之色。該國華麗的花朵，都爲了取悅王宮妃子的眼睛而被移植，肥豬也爲了讓妃子鼓起舌頭而被沒收，和暖的春日，徒然照在灰色的蕭條街道上。而國都城中央山丘上一座繡出五色彩虹的宮殿，如同噬血飽足的猛獸，瞰臨著屍骸般的街陌。該宮殿深處敲擊的鐘聲，如猛獸吼嘯般往全國四面八方響徹而去。

『由呀，那口鐘聲你聽起來怎樣？』

孔子再度訊問子路。

『那口鐘聲，有別於老師您向上天傾訴卻希望落空的音調，也迥異於林類那種任憑上天安排的自由歌風，而是讚頌違背天意的歡樂、謳歌著恐竦的意涵。』

『可能沒錯。那是昔日衞襄公搾取全國財寶、血汗所鑄造的所謂林鐘。那口鐘鳴響的時候，在御苑林間迴盪，發出那般令人畏懼的聲音。而且，遭受暴政肆虐的百姓所留下的詛咒與流出的淚水都封鎖在其中，才發那般恐怖畏懼的聲音。』

孔子與言教誨。

衞君靈公叫人把雲母屏風、瑪瑙宝榻搬到可以縱目遠眺遼闊領土的靈臺欄杆附近，與身穿青雲上衣、撓垂白霓裙擺的夫人南子，交杯對飲著香馥的秬鬯酒，一邊凝望著沉睡於雲霞深處的山野之春。

『天、地間，　明媚的陽光都像泉水般流瀉著，爲什麼我國的民家卻見不到鮮美的花？聽不到愉快的鳥叫聲？』

靈公口出此言，皺起了疑訝的眉頭。

『那是因爲我國人民，讚揚主公的仁德、以及夫人美貌之餘，只要有鮮美花朵，就悉數獻上而移植到宮殿庭園牆垣，就連舉國的小鳥，也都一隻不攬地仰慕著花香，圍繞御苑而翔集的緣故。』

在君側侍立的宦者雍渠應答。於是就在此時，孔子座車的玉鸞珊珊鳴響，劃破蕭條街陌的沉靜而駛過了靈臺底下。

『乘坐那輛車通過的是誰？　他的額頭形似帝堯，眼睛狀似帝舜，脖頸近似皐陶。肩膀類似子產，腰以下不及帝禹三寸左右。』

另一位伺候於君側的將軍王孫賈，驚奇地瞠目而視。

『不過，　他這個男人呀，表情是多麼的悲哀！將軍，愛卿你博古通今，所以請告訴小寡君這個男人打哪兒來的？』

撂下這段話，南子夫人回頭掃視了將軍一眼，指向奔馳而去的車影。

『我年輕的時候，曾經周遊列國，除了擔任周朝史官的老聃以外，還未曾見過他那般相貌堂堂的男人。我猜，他正是在故國政壇鬱鬱不得志而踏上傳道之途的魯國聖人孔子吧！據說他誕生的時候，魯國出現了一匹麒麟，天上傳來了和樂的徽音，神女從天而降。據瞭解該名男子嘴唇如牛、手掌如虎、背脊如龜，身長有九尺六寸，具備著文王的體魄。他正是此人，錯不了。』

王孫賈作此說明。

『那位叫作孔子的聖人，能教人什麼樣的治術？』

靈公喝乾了捧在手上的酒盃，下問了將軍。

『所謂的聖人，掌握著世間一切智識的關鍵。然而，聽說他專門傳授齊家、富國、平天下的政治之道給各國君王。』

將軍再度說明。

『寡人追求世間的美色而獲得南子。　又萃聚四方的財寶而興建了這座宮殿。再來，寡人欲稱霸天下，坐擁的權威要能與這樣的夫人與宮殿相稱。一定要設法把那位聖人召喚到此處，馬上傳授寡人平天下之術。』

靈公隔著几案窺伺了對面夫人的雙唇。原因在於平生左右著靈公內心的是從南子夫人嘴唇透露出來的口風，而不是他自己的話語。

『小妾想要會一會世間不可思議的人物。那位滿面悲哀的男人要眞是聖人，能給小妾見識到種種不可思議吧！』

說了這番話，夫人擡起幻想般的眼眸，遙遙眺望了相隔漸遠的車跡。

孔子一行光臨北宮前方之際，有一位儀相聰賢的官員，引率眾多隨從，鞭撻著屈產的駟馬，空下座車右方席位，恭敬地迎接了一行人的到來。

『在下仲叔圉，奉靈公之命，前來恭迎先生大駕光臨。　先生此次踏上傳道之途一事，已經傳遍了四方諸國。漫長的旅程之中，先生的翡翠之蓋已經臨風吹綻，車子夾板已經響起了濁音。但願先生轉乘這輛新車、枉駕宮殿，教授寡君一套先生的安民治國之道！爲了療癒先生的疲勞，西圃之南水晶般的溫泉已經沸沸升騰；爲了滋潤先生的咽喉，御苑庭園裡，芳馥的柚、橙、橘，已經含著甜汁結出果實；爲了慰勞先生的舌頭，苑囿圈檻中肥碩的豬、熊、豹、牛、羊，抱著褥墊般的腹部入眠。願先生能將馬車停駐於我國二個月、三個月、一年、十年，啓發我等愚蒙之心、開開我等盲昧之眼！』

仲叔圉下車，懇切地致以寒喧。

『我所盼望的，與其是坐擁壯麗宮殿的王者之富，倒不如君主仰慕三王之道的那顆誠心。爲了滿足桀紂的奢慾，萬乘尊位尚嫌不足，若是布施堯舜德政，百里之國並不嫌小。靈公若果眞素懷著除天下禍亂、有相圖庶民幸福之志，我即使埋骨於貴國，也不會後悔。』

孔子如此應答。

不久，一行被引領進入宮殿深處。他們漆成黑色的鞋子，在一塵不染的砥石地板上戛戛作響。他們也經過了織室之前。

慘慘女手，

可以縫裳。

爲數眾多的女官齊聲歌唱、一邊頻繁拋梭，引線織錦。綿團般盛開的桃樹林蔭，也傳來了囿苑牛隻無精打采的低鳴。

靈公聽從賢人仲叔圉的安排，遠離夫人以下所有女人、洗漱曾經浸透於歡樂之酒的雙唇，端正衣冠、招延孔子進入一室，質問他富國強兵、王天下之道。

但是，針對傷人國、損人命的戰事，聖人一句話也未予回答。而且，針對搾取民血、掠奪民財而致富之事，也未曾教唆。然後，嚴正地指出：與其軍事或生產，最重要的是道德的可貴。讓他明白以力屈服列國的霸道與以仁綏懷天下的王者之間的區別。

『主公若果眞嚮慕王者之德，首先應當克制私慾！』

這正是聖人的告誡。

當日起，左右著靈公內心的已經不再是夫人的話語，而是聖人的言詞。每朝參預廟堂、向孔子尋問正確的執政之道，每夕親臨靈臺，向孔子學習天文四時之運行，甚至不再夜訪夫人的閨房。織室織錦所發出的梭音，已經變成學習六藝的官人所發出的弓弦之音、攢蹄之響、篳篥之聲了。某日，靈公一大清早獨上靈臺眺望全國，看見山野間美妙的小鳥鳴囀、民家綻放著綺麗的花朵，百姓到田地裡一邊歌頌著靈公之德、一邊辛勤地耕作。靈公看在眼裏，感動地流下了熱淚。

『您在哭泣著什麼呢？』

此時，忽然聽見這般嗓音，勾魂般甜津津的一股香氣挑逗了靈公的鼻子。那是南子夫人含咀於口中的雞舌香，以及經常撒在衣服上的西域香料、薔薇水的香味。淡忘已久的美婦人肉體所散發出香氣的魔力，無情地在靈公潤玉般的心中，試圖猛烈地殺入一隻利爪。

『請別用妳那不可思議的眼神，瞪著我的睛眸！不要用妳那溫柔的手腕，束縛我的身體。寡人向聖人學習了戰勝罪惡之道，卻還不懂得防拒美色的方法。』

靈公甩開夫人的手，背過臉去。

『啊！孔丘這廝男人，曾幾何時從小妾手中把您給奪走了。難怪小妾從以前就不曾愛著您。但是，您沒有理由不愛妾身。』

撂下此言的南子，嘴唇燃燒著激切的怒氣。夫人嫁入衞國之前，曾經有一位情夫，喚作宋朝的宋國公子。夫人的忿忿不平，與其歸因於夫君愛情的減退，毋寧在於喪失了操控夫君內心的力量。

『寡人並非不愛妳。　從今而後，寡人就如同夫愛妻那般愛著妳吧！在此之前，寡人就像奴隸服事主子那樣、或像人們崇拜神明那樣地一路愛著妳。獻上了我的國家、財富、人民、生命，只爲討妳歡心，這便是寡人至今的作爲。然而，由於聖人的耳提面命，我瞭解到還有一種更可貴的工作。從前，妳的肉體美色，對我而言擁有無上的魅力。但是，比起妳的肉體，聖人心思所引發的迴響，卻賜予我更強大的力量。』

趁著暢談富有戰鬥精神的決心之際，靈公不由得揚起額頭、聳起肩膀，面向了夫人的怒容。

『您絕對不是一個強人，能夠違逆小妾的旨意。　您眞的很悲哀。世間，諒無人比缺乏意志力的人更可憐。小妾馬上就可以把您從孔子掌中搶奪回來。您的舌頭，剛剛講了冠冕堂皇的一段話，可是您的眼眸卻心蕩神馳地注視著小妾的臉龐，難道不是嗎？小妾得到了一種可以對付所有男人的奪魂術。再過不久，那位喚作孔丘的聖人，也會把他給抓過來當俘虜，您等著瞧好了。』

夫人自鳴得意地微笑，暗送秋波地眄視著靈公，衣裳摩擦帶出一片沙沙的聲音而離開了靈臺。

當天爲止一直保持著平靜的靈公，內心已經出現了兩股力量在互相爭鬥。

『來到這衞國的四方君子，不論如何都無不希望拜謁小妾。聽說聖人注重禮節，卻有什麼緣故不肯露面呢？』

宦者雍渠傳達了夫人這般令旨的時候，謙讓的聖人沒有辦法違逆她的意思。

孔子偕同一行弟子，向南子宮殿請安，北面稽首。面南的錦繡帷幔深處，隱隱約約只見到夫人的繡履。夫人點頭向一行人答禮的時候，頭飾的步搖與手鐶的瓔珞，傳來了垂珠相摶的聲響。

『造訪這衞國，見過小妾面貌的人，不論是誰都無不驚訝地說「夫人的顙形類似妲妃，夫人的眼形狀如褒姒。」。先生如果是眞正的聖人的話，那麼，告訴小妾好嗎？三王五帝的上古以來，世間有沒有比小妾更美的女人呢？』

夫人口出此言，掀開錦帷開朗地笑著，同時招喚一行人挨近膝前。頭戴鳳王冠、髻插黃金釵以及玳瑁笄、身穿鱗衣霓裳的南子，笑臉正如同日輪光輝一般。

『我聽說過有人德高望重，但是，並不清楚什麼人貌美出眾。』

孔子回話。然後，南子再度打聽。

『小妾正在蒐集世間不可思議、珍奇的玩藝兒。小妾的倉廩有大屈之金，也有垂棘之玉。小妾的庭院有僂句之龜，也有崑崙之鶴。然而，妾身還未曾見識過聖人降生時乍現的麒麟，也沒能瞧過傳說中的聖人胸有七竅，先生果眞是聖人的話，那麼，讓小妾開開眼界，好嗎？』

於是，孔子臉色鄭重起來，以嚴厲的口吻回答：

『我並不知道什麼珍奇、不可思議的頑意兒。我的所學範圍，只有匹夫匹婦都已經知道、同時又不能不知道的事情。』

夫人更加把聲音放柔和些，說道：

『見過小妾容貌、聽過小妾嗓音的男人，通常都會解開緊鎖的雙眉、陰暗的臉色也會轉爲朗晴，先生卻爲什麼老是一副悲愁的臉色呢？愁顏不展在小妾看來，全部都是醜陋的。小妾認識宋國一位名叫宋朝的年輕人，那條漢子並沒有先生這般高尙的額門，卻有著春空般明媚的雙眸。而小妾的近侍，有一位叫做雍渠的宦者，那個閹男並沒有先生這般莊嚴鄭重的聲線，卻有著春鳥般輕巧的舌簧。先生如果眞是聖人的話，那麼，諒必有一副典麗容顏與豐富

心靈名實相稱。小妾馬上就來爲先生拂去顏面的愁雲、拭去惱人的陰影。』

說著，便後顧了左右近侍，取來了一只函盒。

『小妾擁有各式各樣的香。　這股香氣吸入煩惱的心胸，頓時人們就只會一味地憧憬著美麗的夢幻國度吧。』

這般口諭之下，頭戴金冠、身繫蓮花帶的七位女官，手捧七座香爐，把聖人環環圍住了。

夫人開啓香函，把各種各樣的香逐一投進了香爐。七條沉重的煙圈，沿著錦繡的帷幔靜靜地往上爬升。檀香的煙色，或黃或紫或白，充滿了南溟海底橫亙幾百年的奇異之夢。十二種鬱金香，是春霞孕育的芳草之精所凝結而成。棲息於大石香澤中的龍，熬煉牠的涎使其凝固爲龍涎香之香，植生於交州的密香樹，由它的根部所製造的沈香之氣味，都有力量能把人心引誘到迢迢而甘美的想像國度之中。但是，聖人臉龐上的陰霾只是一直地加深。

夫人莞爾，笑著說：

『喔唷，先生的面龐漸漸泛起了美麗的光輝。　小妾擁有各式各樣的酒和杯子，香的煙可以讓先生痛苦的靈魂吸吮甘甜的汁液一般，酒滴則可以給予先生嚴肅的身體一些輕鬆自在的安樂吧！』

這般口諭之下，頭戴銀冠、身繫蒲桃帶的七位女官，把各種酒及杯子畢恭畢敬地搬上了桌面。

夫人把酒逐一斟進了珍奇的杯子裡，向一行人勸飲。它那口味的妙用，能給人心帶來鄙視正面人物、疼愛美人的價值。放出碧光、晶瑩剔透的碧瑤杯所盛的酒，正如同甘露一般，傳達了人間未曾嚐過的天界歡樂。薄如紙般的青玉色自暖之杯在注入冷酒的時候，頃刻間會沸沸溫熱，把悲人的腸肚也燒暖了。用南海的鰕頭所製作的鰕魚頭之杯，怒氣衝天般地伸出數尺長的鬚，鑲嵌著浪花珠玉飛濺般的金銀。但是，聖人雙眉只有更愁、臉只有更苦。

夫人越發柔和地笑著說：

『先生的面龐更加泛起了美麗的光輝。　小妾擁有各種不同的鳥、獸之肉。用香煙洗濯靈魂苦惱、藉由酒力鬆弛身體僵硬的人，不可不用豐盈的食物來照料舌頭。』

這般口諭之下，頭戴珠冠、身結茱萸帶的七位女官，把各種鳥、獸的肉品盛在器皿，端

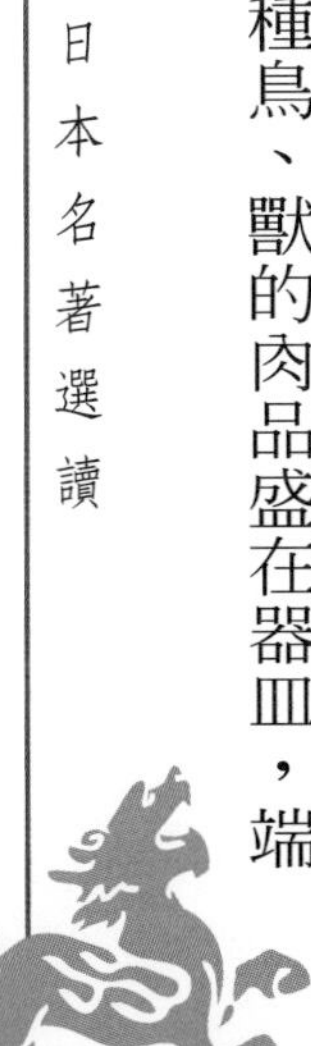

上了桌面。

夫人又拿器皿逐一地向一行人勸食。其中有玄豹之胎、也有丹穴之鶵。亦有昆山龍胎之脯、封獸之蹯。把它那甘美的肉啣一片進入嘴巴裡，頓時，人心已經無暇思考所有的善、惡問題。但是，聖人臉龐上的陰霾卻未能轉晴。

夫人第三度莞爾而笑，說道：

『啊！先生風姿益發堂堂，先生神采愈加俊美。　嗅到那幽妙的香氣、品味到那辛辣的旨酒、啖食到那味濃的肉塊者，就能夠活在凡界的人們所無法夢見的強勁、激烈、美麗的荒唐世界，可以逃離這個世間的憂愁與煩悶。小妾現在就把那種世界攤在眼前，讓先生瞧瞧吧！』

這般說罷，顧視近侍的宦者、指著將宮室正面一字隔開的帳幕後方。堆疊深層皺褶而垂懸著的錦帷，已經從中央分裂而分別向左右開啓了。

帳幕的彼方，是面對著庭院的階梯。階下，芳草青青萌生的地面，有些囚犯曬著暖和的春日，或仰天、或趴在地上，狀如猛撲、形似纏鬥，做出形形色色姿勢的囚犯，不可數計地互相滾來滾去、疊來疊去，蠢蠢蠕動著。然而，傳來了一陣陣時而粗、時而細的哀淒慘叫和嘰嘰喳喳聲。有人如同盛開的牡丹般染得朱紅，有人如同負傷的鴿子般渾身發抖。他們這群囚徒半數是因爲觸犯了該國嚴峻律法的關係，半數則是爲了滿足這位夫人眼睛的刺激，所以被施以酷刑。沒有一個人穿上衣服、體有完膚。其中，也有一些男人只因出言批判夫人的惡德就被炮烙毀容、長枷嵌頸、用箭穿耳。也有些美女僅因惹得靈公目眩心花，夫人便爭鋒吃醋，而把她們抓來割去鼻子、砍斷雙腳、或繫上鐵索長鏈。南子愣神地凝視著那光景，表情已經宛如詩人般優美、哲人般嚴肅了。

『小妾不時與靈公連袂驅車，行經國都的各條街道。然而，如果靈公用深情款款的眼神向往來的女子暗送秋波的話，都會捉拿過來賞賜她們那樣的命運。小妾今日也想伴隨靈公與先生一起到國都市內逛一逛。要是看過了那一千囚徒，諒先生也不至於會違逆小妾的心意吧！』

夫人說出的這番話，潛藏著鎮壓住別人般的威力。流露著和藹可親的眼神陳述出殘酷的字句，乃是夫人的常識。

西曆紀元前四百九十三年春季某日，夾在黃河、淇水之間的商墟之地，有二輛駟馬並駕的大車行經衞國都城的街道。第一輛由兩位女嬬、捧著華蓋侍立於左右、眾多文官以及女官隨侍於周圍，衞靈公、連同宦者雍渠、加上以妲妃、褒姒之心爲心的南子夫人都乘坐在內。搭乘第二輛者，則是被數名弟子前護後擁、以堯舜之心爲心的荒陬鄉下聖人孔子。

『啊！可見那位聖人的令德，也還不及那位夫人的暴虐。從今天起，那位夫人的一言一語又將會成爲這衞國的法律了吧！』

『那位聖人的姿態，何其悲哀呀！那位夫人又是何其傲睨一世呀！但是，夫人的面容看得出來，今兒個最是美豔。』

佇立在街頭的群黎百姓，眾口紛紜地如此議論著，瞻仰了隊伍的通過。

當天夕暮，夫人的妝化得格外美麗，一直躺在自己閨房的錦繡床蓐之中等候到深更半夜，不久，傳來了悄然的步履跫音，有一陣咚咚的敲門聲。

『啊！老公終究還是回來了。　永遠不准你再次從妾身的擁抱之中逃離。』

夫人敞開雙手，把靈公摟抱在長袂的內裏，富有彈性的兩腕氤氳著酒氣，如同打好結而解不開的拴縛一般，抱住靈公的身體。

『我憎恨妳。妳這恐怖的女人。　妳是亡我的惡魔。不過，我再怎麼樣也沒有辦法離開妳。』

靈公聲音發顫。夫人的眼睛則已經閃著惡的誇耀之光。

翌日朝晨，孔子一行指向曹國，再度踏上了傳道之途。

『吾未見好德如好色者也。』

這是聖人離衛國而去之時，所留下的最後一席話。該句被載錄在他那可貴的『論語』一書，流傳至今。

初出：「新思潮」1910年9月

作者生平

谷崎潤一郎（たにざき－じゅんいちろう，1886-1965）東京人，1908年考進東京帝大國文科，在學期間，與文友創辦「新思潮」（第二次），發表「刺青」「麒麟」等作品，卻因學費未繳而慘遭退學。1911年，獲得耽美派前輩作家永井荷風撰文大力褒讚，奠定其聲譽。早期作品風格走在耽美派前端，從惡魔之中追求唯美，因而被稱之爲「惡魔主義」。1937年、1941年分別當選帝國藝術院會員、日本藝術院會員，1949年獲文化勳章。1943年3月，長篇小說「細雪」曾遭日本當局禁止連載於「中央公論」。戰後小說『鍵』的中譯本也被臺灣政府列入『查禁圖書目錄』。晚年，屢次被提名爲諾貝爾文學獎候選人；1964年，當選「美國文學藝術院」（AAAS）名譽會員。『谷崎潤一郎全集』（1981-83、東京：中央公論社）。

集體評論

◎中村光夫（『谷崎潤一郎論』（1952、東京：河出書房））

女性の美に敗北させるといふ着想は、耽美主義の思想小説として、（とくに明治末年の社会を背景として考へるとき）絶好のテーマである筈です。

◎塩田良平（『近代文学史作品対照』（1960、東京：武蔵野書院））

作風の未だ完成しない稚さは見られるとしても、道徳に対する官能美の逞しい勝利は、若い世代の新浪漫派宣言とも受けとれる。

◎長野嘗一（『谷崎潤一郎：古典と近代作家』（1980、東京：明治書院））

その美を鼻にかけるような女性は世間からきらわれるのが常であるが、谷崎は逆に、その美を鼻にかけ、驕慢で男を奴隷のごとくに酷使する女性を美の理想と考えた。したがって男は、そうして彼女に酷使されることに無上の愉悦を感ずる。女性サディスムス

（加虐性）と男性のマソヒスムス（被虐性）、これが谷崎文学の根幹をなしている。初期の作品にはこの傾向が特にいちじるしく、「悪魔派」なども言われた。「麒麟」「少年」「悪魔」など、みなこの系統の作品である。

◎遠藤祐（『谷崎潤一郎：小説の構造』（1987，東京：明治書院））

① 麒麟は聖人による王者の道の実現を伝える吉兆であるが、一般的には何ごとによらずすぐれた能力をもち、卓越した人物を意味している。とすれば道徳の典型である孔子に対して、美と力の権化である南子、（略）この女性もまた、麒麟の語をになうにふさわしい。

② 作の後半に描かれる二個の麒麟の向かいあう場面は、やはりこの短篇のハイライトというべきであろう。

③ あるいは〈哀な人〉霊公もまた、享楽に徹した一個の《麒麟》であったといえるのかもしれない。

◎千葉俊二（「狐・ニーチェ・マゾヒズム」（「文学」1990年7月））

①老人林類が、一切の束縛から自由な、無為自然に生きる道家思想の理想の体現者たることは間違いないだろう。（略）孔子はその言葉を聞いて、「なか〳〵話せる老人であるが、然し其れはまだ道を得て、至り尽さぬ者と見える」といったという。とするならば、南子夫人と対決して「吾未見好徳如好色者也」との言葉を残し、尻尾を巻いて逃げるがごとく衛の国を去ったという孔子は、南子夫人ばかりか、林類の側からも相対化されているわけで、（略）

②つまり、孔子に道徳主義の座標軸が置かれるとするならば、南子夫人に理性の支配と抑圧から解放された無際限な欲望そのものの生のエネルギーの座標軸が設定され、この二つの座標軸の交点に林類がそしてその函数として衛の霊公が存在するのだといえよう。孔子と南子夫人とでは、善と悪、精神と肉体、禁欲と享楽といった二項対立的な関係にあるが、生死を同一視してともに幻化の一齣と見做す林類の視点からは、南子夫人との間にそうした対立関係はなく、両者の差異はもっぱら生のエネルギーの量的な多寡ということになる。

◎西荘保（「麒麟」（「国文学解釈と教材の研究」1993年12月））

二項対立的な把握から脱却したい。南子の〈悪〉が曖昧であれば、孔子の聖人たる位置付けも曖昧。〈不思議〉〈麒麟〉という語とともに孔子からの検討を試みたい。また林類老人の側からの論の展開もあるか。

◎朴明濬（「谷崎潤一郎『麒麟』試論—「仁」の思想の挫折の本質」（「東洋大学大学院紀要（文学研究科）」2004年3月））

①つまり麒麟＝孔子＝聖天子として慕われる根拠はほかならぬ儒教の概念と密接に繫がっているのではないだろうか。

②結論から言うなら、南子夫人の妖艶な美の威容の前で、〈仁〉と〈徳〉の思想を唱えた孔子にとって、「美しい強者」として美の魔力を誇示した南子夫人の前で拝跪したという設定は全く見当たらず、むしろ孔子は沈黙を守り続けることによって南子の美の魔力を無力化するのに成功するのである。

③最初から対決するかのようにみえるものの、両者の間でその勝敗は付かずにおわる。（略）〈自分の力〉を持たない〈哀れ〉な人間霊公像を通して、南子夫人の

〈色〉の世界と、孔子の〈仁〉と〈徳〉の世界の、どちらが有効であるかという答えを作者が暗示的に示しているだけ（略）

◎大島眞木（「谷崎潤一郎とフランス文学」（『比較文学研究』2012年10月））

①永井荷風は、若い谷崎を一躍文壇に送り出すことになった長文の批評「谷崎潤一郎氏の作品」（『三田文学』明治四十四年十一月）において、その書き出しの「一種独特の筆法」による「簡短なる数行の文章」の巧みさを褒め、また日夏耿之介は「谷崎が若くしてこの論語よりのリトオルド物を企てた時、その文章は大いに新しかつた」（『谷崎文学』朝日新聞社、一九五〇年）と言って、「全く漢学臭を脱したものを所有してゐた」文体、新文章を称讃している。谷崎の文章の背景には『論語』『史記』『列子』『詩経』『楚辞』などがあるが、彼が参考にしたのはそれだけではない。

②このフランス作家の最初の歴史小説『バルタザアル』*Balthasar*（一八八九年）の英訳は明治四十二年暮ごろに日本に移入されたと推定されるが、「麒麟」の冒頭、

最終部、エピグラフの手法、南子夫人とシバの女王バルキスとの類似などから、谷崎はたしかに『バルタザアル』を使っていて、荷風や耿之介の褒めた新しさはここから来ている。

問題與討論

一、「麒麟」這部小說，有人認爲最後的結局，是南子獲勝、孔子失敗，也有人提出孔子不見得落敗，你認爲哪一個看法較爲合理？所持論據何在？

三、高瀬舟

森　林太郎

高瀬舟は京都の高瀬川を上下する小舟である。徳川時代に京都の罪人が遠島を申し渡されると、本人の親類が牢屋敷へ呼び出されて、そこで暇乞をすることを許された。それから罪人は高瀬舟に載せられて、大阪へ廻されることであつた。それを護送するのは、京都町奉行の配下にゐる同心で、此同心は罪人の親類の中で、主立つた一人を、大阪まで同船させることを許す慣例であつた。これは上（かみ）へ通つた事ではないが、所謂大目に見るのであつた默許であつた。

當時遠島を申し渡された罪人は、勿論重い科を犯したものと認められた人ではあるが、決して盜をするために、人を殺し火を放つたと云ふやうな、獰惡な人物が多數を占めてゐたわけではない。高瀬舟に乗る罪人の過半は、所謂心得違のために、想はぬ科を犯した人であつた。有り觸れた例を擧げて見れば、當時相對死と云つた情死を謀つて、相手の女を殺して、自分だけ活き殘つた男と云ふやうな類である。

さう云ふ罪人を載せて、入相の鐘の鳴る頃に漕ぎ出された高瀬舟は、黑ずんだ京都の町の家々を兩岸に見つつ、東へ走つて、加茂川を横ぎつて下るのであつた。此舟の中で、罪人と其親類のものとは夜どほし身の上を語り合ふ。いつもいつも悔やんでも還らぬ繰言である。護送の役をする同心は、傍でそれを聞いて、罪人を出した親戚眷族の悲慘な境遇を細かに知ることが出來た。所詮町奉行所の白洲で、表向の口供を聞いたり、役所の机の上で、口書を讀んだりする役人の夢にも窺ふことの出來ぬ境遇である。

同心を勤める人にも、種々の性質があるから、此時只うるさいと思つて、耳を掩ひたく思ふ冷淡な同心があるかと思へば、又しみじみと人の哀を身に引き受けて、役柄ゆゑ氣色には見せぬながら、無言の中に私かに胸を痛める同心もあつた。場合によつて、非常に悲慘な境遇に陷つた罪人と其親類とを、特に心弱い、涙脆い同心が宰領して行くことになると、其同心は不覺の涙を禁じ得ぬのであつた。

そこで高瀬舟の護送は、町奉行所の同心仲間で、不快な職務として嫌はれてゐた。

いつの頃であつたか。多分江戸で白河樂翁侯が政柄を執つてゐた寛政の頃ででもあつ

ただらう。智恩院の櫻が入相の鐘に散る春の夕に、これまで類のない、珍らしい罪人が高瀬舟に載せられた。

それは名を喜助と云つて、三十歳ばかりになる、住所不定の男である。固より牢屋敷に呼び出されるやうな親類はないので、舟にも只一人で乘つた。

護送を命ぜられて、一しよに舟に乘り込んだ同心羽田庄兵衞は、只喜助が弟殺しの罪人だと云ふことだけを聞いてゐた。さて牢屋敷から棧橋まで連れて來る間、この痩肉の、色の蒼白い喜助の樣子を見るに、いかにも神妙に、いかにもおとなしく、自分をば公儀の役人として敬つて、何事につけても逆はぬやうにしてゐる。しかもそれが、罪人の間に往々見受けるやうな、溫順を裝つて權勢に媚びる態度ではない。

庄兵衞は不思議に思つた。そして舟に乘つてからも、單に役目の表で見張つてゐるばかりでなく、絶えず喜助の擧動に、細かい注意をしてゐた。

其日は暮方から風が歇んで、空一面を蔽つた薄い雲が、月の輪廓をかすませ、やうやう近寄つて來る夏の溫さが、兩岸の土からも、川床の土からも、靄になつて立ち昇るかと思はれる夜であつた。下京の町を離れて、加茂川を横ぎつた頃からは、あたりがひつそりとして、只舳(へさき)に割(さ)かれる水のさゝやきを聞くのみである。

夜舟で寢ることは、罪人にも許されてゐるのに、喜助は横にならうともせず、雲の濃淡に從つて、光の増したり減じたりする月を仰いで、默つてゐる。其額は晴やかで、目には微かなかがやきがある。

庄兵衞はまともには見てゐぬが、始終喜助の顏から目を離さずにゐる。そして不思議だ、不思議だと、心の內で繰り返してゐる。それは喜助の顏が縱から見ても、橫から見ても、いかにも樂しさうで、若し役人に對する氣兼がなかつたなら、口笛を吹きはじめるとか、鼻歌を歌ひ出すとかしさうに思はれたからである。

庄兵衞は心の內に思つた。これまで此高瀨舟の宰領をしたことは幾度だか知れない。しかし載せて行く罪人は、いつも殆同じやうに、目も當てられぬ氣の毒な樣子をしてゐた。それに此男はどうしたのだらう。遊山船にでも乘つたやうな顏をしてゐる。罪は弟を殺したのださうだが、よしや其弟が惡い奴で、それをどんな行掛りになつて殺したにせよ、人の情として好い心持はせぬ筈である。この色の蒼い瘦男が、その人の情と云ふものが全く缺けてゐる程の、世にも稀な惡人であらうか。どうもさうは思はれない。ひよつと氣でも狂つてゐるのではあるまいか。いやいや。それにしては何一つ辻褄の合はぬ言語や擧動がない。此男はどうしたのだらう。庄兵衞がためには喜助の態度が考へれば考へる程わからなくなるのである。

暫くして、庄兵衞はこらへ切れなくなつて呼び掛けた。「喜助。お前何を思つてゐるのか。」

「はい」と云つてあたりを見廻した喜助は、何事をかお役人に見咎められたのではないかと氣遣ふらしく、居ずまひを直して庄兵衞の氣色を伺つた。

庄兵衞は自分が突然問を發した動機を明して、役目を離れた應對を求める分疏(いひわけ)をしなくてはならぬやうに感じた。そこでかう云つた。「いや。別にわけがあつて聞いたのではない。實はな、己は先刻からお前の島へ往く心持が聞いて見たかつたのだ。己はこれまで此舟で大勢の人を島へ送つた。それは隨分いろいろな身の上の人だつたが、どれもどれも島へ往くのを悲しがつて、見送りに來て、一しよに舟に乘る親類のものと、夜どほし泣くに極(き)まつてゐた。それにお前の樣子を見れば、どうも島へ往くのを苦にしてはゐないやうだ。一體お前はどう思つてゐるのだい。」

喜助はにつこり笑つた。「御親切に仰やつて下すつて、難有うございます。なる程島へ往くといふことは、外の人には悲しい事でございませう。其心持はわたくしにも思ひ遣つて見ることが出來ます。しかしそれは世間で樂(らく)をしてゐた人だからでございます。京都は結構な土地ではございますが、その結構な土地で、これまでわたくしのいたして參つたやうな苦みは、どこへ參つてもなからうと存じます。お上(かみ)のお慈悲で、命を助けて島へ遣つて下さいます。島はよしやつらい所でも、鬼の栖む所ではございますまい。わたくしはこれまで、どこと云つて自分のゐて好い所と云ふものがございませんでした。こん度お上で島にゐろと仰やつて下さいます。そのゐろと仰やる所に、落ち着いてゐることが出來ますのが、先づ何よりも難有い事でございます。それにわたくしはこんなにかよわい體ではございますが、つひぞ病氣をいたしたことはございませんから、島へ往つてから、どんなつらい爲事(しごと)[1]をしたつて、體を痛めるやうなことはあるまいと存じます。それからこん度島へお遣下さるに付きまして、二百文の鳥目を戴きました。それをここに持つてをります。」かう云ひ掛けて、喜助は胸に手を當てた。遠島を仰せ附けられるものには、鳥目二百銅を遣すと云ふのは、當時の掟であつた。

喜助は語を續いだ。「お恥かしい事を申し上げなくてはなりませぬが、わたくしは今日まで二百文と云ふお足を、かうして懷に入れて持つてゐたことはございませ[2]ぬ。どこかで爲事に取り附きたいと思つて、爲事を尋ねて歩きまして、それが見附かり次第、骨を惜まずに働きました。そして貰つた錢は、いつも右から左へ人手に渡さなくてはな

1原標清音，據森林太郎『鷗外全集　第十六巻』（1973，東京：岩波書店）改爲濁音。
2「せ」字原無，據『鷗外全集　第十六巻』補入。

りませなんだ。それも現金で物が買つて食べられる時は、わたくしの工面の好い時で、大抵は借りたものを返して、又跡を借りたのでございます。それがお牢に這入つてからは、爲事をせずに食べさせて戴きます。わたくしはそればかりでも、お上に對して濟まない事をいたしてゐるやうでなりませぬ。それにお牢を出る時に、此二百文を戴きましたのでございます。かうして相變らずお上の物を食べてゐて見ますれば、此二百文はわたくしが使はずに持つてゐることが出來ます。お足を自分の物にして持つてゐると云ふことは、わたくしに取つては、これが始でございます。島へ往つて見ますまでは、どんな爲事が出來るかわかりませんが、わたくしは此二百文を島でする爲事の本手にしようと樂んでをります。」かう云つて、喜助は口を噤んだ。

庄兵衞は「うん、さうかい」とは云つたが、聞く事毎に餘り意表に出たので、これも暫く何も云ふことが出來ずに、考へ込んで默つてゐた。

庄兵衞は彼此初老に手の屆く年になつてゐて、もう女房に子供を四人生ませてゐる。それに老母が生きてゐるので、家は七人暮しである。平生人には吝嗇と云はれる程の、儉約な生活をしてゐて、衣類は自分が役目のために着るものの外、寢卷しか拵へぬ位にしてゐる。しかし不幸な事には、妻を好い身代の商人の家から迎へた。そこで女房は夫の貰ふ扶持米で暮しを立てて行かうとする善意はあるが、裕かな家に可愛がられて育つた癖があるので、夫が滿足する程手元を引き締めて暮して行くことが出來ない。動もすれば月末になつて勘定が足りなくなる。すると女房が內證で里から金を持つて來て帳尻を合せる。それは夫が借財と云ふものを毛蟲のやうに嫌ふからである。さう云ふ事は所詮夫に知れずにはゐない。庄兵衞は五節句だと云つては、里方から物を貰ひ、子供の七五三の祝だと云つては、里方から子供に衣類を貰ふのでさへ、心苦しく思つてゐるのだから、暮しの穴を塡めて貰つたことに氣が附いては、好い顏はしない。格別平和を破るやうな事のない羽田の家に、折々波風の起るのは、これが原因である。

庄兵衞は今喜助の話を聞いて、喜助の身の上を我が身の上に引き比べて見た。喜助は爲事をして給料を取つても、右から左へ人手に渡して亡くしてしまふと云つた。いかにもあはれな、氣の毒な境界である。しかし一轉して我が身の上を顧みれば、彼と我との間に、果してどれ程の差があるか。自分も上から貰ふ扶持米を、右から左へ人手に渡して暮してゐるに過ぎぬではないか。彼と我との相違は、謂はば十露盤の桁が違つてゐるだけで、喜助の難有がる二百文に相當する貯蓄だに、こつちはないのである。

さて桁を違へて考へて見れば、鳥目二百文をでも、喜助がそれを貯蓄と見て喜んでゐるのに無理はない。其心持はこつちから察して遣ることが出來る。しかしいかに桁を違へて考へて見ても、不思議なのは喜助の慾のないこと、足ることを知つてゐることである。

喜助は世間で爲事を見附けるのに苦んだ。それを見附けさへすれば、骨を惜まずに働いて、やうやう口を糊することの出來るだけで滿足した。そこで牢に入つてからは、今まで得難かつた食が、殆ど天から授けられるやうに、働かずに得られるのに驚いて、生れてから知らぬ滿足を覺えたのである。

庄兵衞はいかに桁を違へて考へて見ても、ここに彼と我との間に、大いなる懸隔のあることを知つた。自分の扶持米で立てて行く暮しは、折々足らぬことがあるにしても、大抵出納が合つてゐる。手一ぱいの生活である。然るにそこに滿足を覺えたことは殆無い。常は幸とも不幸とも感ぜずに過してゐる。しかし心の奥には、かうして暮してゐて、ふいとお役が御免になつたらどうしよう、大病にでもなつたらどうしようと云ふ疑懼が潛んでゐて、折々妻が里方から金を取り出して來て穴塡をしたことなどがわかると、此疑懼が意識の閾の上に頭を擡げて來るのである。

一體此懸隔はどうして生じて來るだらう。只上邊(うはべ)だけを見て、それは喜助には身に係累がないのに、こつちにはあるからだと云つてしまへばそれまでである。しかしそれは譃である。よしや自分が一人者であつたとしても、どうも喜助のやうな心持にはなられさうにない。この根柢はもつと深い處にあるやうだと、庄兵衞は思つた。

庄兵衞は只漠然と「人の一生」といふやうな事を思つて見た。人は身に病があると、此病がなかつたらと思ふ。其日其日の食がないと、食つて行かれたらと思ふ。萬一の時に備へる蓄がないと、少しでも蓄があつたらと思ふ。蓄があつても、又其蓄がもつと多かつたらと思ふ。此の如くに先から先へと考て見れば、人はどこまで往つて踏み止まることが出來るものやら分からない。それを今目の前で踏み止まつて見せてくれるのが此喜助だと、庄兵衞は氣が附いた。

庄兵衞は今さらのやうに驚異の目を睜つて喜助を見た。此時庄兵衞は空を仰いでゐる喜助の頭から毫光がさすやうに思つた。

庄兵衞は喜助の顔をまもりつつ又、「喜助さん」と呼び掛けた。今度は「さん」と云つたが、これは十分の意識を以て稱呼を改めたわけではない。其聲が我口から出て我耳に入るや否や、庄兵衞は此稱呼の不穩當なのに氣が附いたが、今さら既に出た詞を取り返すことも出來なかつた。

「はい」と答へた喜助も、「さん」と呼ばれたのを不審に思ふらしく、おそる〱庄兵衞の氣色を覗つた。

庄兵衛は少し間(ま)の悪いのをこらへて云つた。「色々の事を聞くやうだが、お前が今度嶋へ遣られるのは、人をあやめたからだと云ふ事だ。[3]己に序(ついで)にそのわけを話して聞かせてくれぬか。」

喜助はひどく恐れ入つた様子で、「かしこまりました」と云つて、小聲で話し出した。「どうも飛んだ心得違で、恐ろしい事をいたしまして、なんとも申し上げやうがございませせぬ。跡で思つて見ますと、どうしてあんな事が出來たかと、自分ながら不思議でなりませぬ。全く夢中でいたしたのでございます。わたくしは小さい時に二親が時疫で亡くなりまして、弟と二人跡に殘りました。初は丁度軒下に生れた狗の子にふびんを

3 原逗號，據『鷗外全集　第十六巻』改正。

掛けるやうに町内の人達がお恵下さいますので、近所中の走使などをいたして、飢ゑ凍えもせずに育ちました。次第に大きくなりまして職を捜しますにも、なるたけ二人が離れないやうにいたして、一しよにゐて、助け合つて働きました。去年の秋の事でございます。わたくしは弟と一しよに、西陣の織場に這入りまして、空引と云ふことをいたすことになりました。そのうち弟が病氣で働けなくなつたのでございます。其頃わたくし共は北山の掘立小屋同様の所に寢起をいたして、紙屋川の橋を渡つて織場へ通つてをりましたが、わたくしが暮れてから、食物などを買つて歸ると、弟は待ち受けてゐて、わたくしを一人で稼がせては濟まない〳〵と申してをりました。或る日いつものやうに何心なく歸つて見ますと、弟は布團の上に突つ伏してゐまして、周圍(まはり)は血だらけなのでございます。わたくしはびつくりいたして、手に持つてゐた竹の皮包や何かを、そこへおつぽり出して、傍へ往つて「どうした〳〵」と申しました。すると弟は眞蒼な顔の、兩方の頰から腮(あご)へ掛けて血に染つたのを擧げて、わたくしを見ましたが、物を言ふことが出來ませぬ。息をいたす度に、創口でひゆう〳〵と云ふ音がいたすだけでございます。わたくしにはどうも樣子がわかりま[4]せんので、「どうしたのだい、血を吐いたのかい」と云つて、傍へ寄らうといたすと、弟は右の手を床に衝いて、少し體を起しました。左の手はしつかり腮の下の所を押へてゐますが、其指の間から黑血の固まりがはみ出してゐます。弟は目でわたくしの傍へ寄るのを留めるやうにして口をあきました。やう〳〵物が言へるやうになつたのでございます。「濟まない。どうぞ堪忍してくれ。どうせなほりさうにもない病氣だから、早く死んで少しでも兄きに樂(らく)がさせたいと思つ

4「ま」字原無，據『鷗外全集　第十六巻』補入。

たのだ。笛を切つたら、すぐ死ねるだらうと思つたが息がそこから漏れるだけで死ねない。深く〱と思つて、力一ぱい押し込むと、横へすべつてしまつた。刃は飜れはしなかつたやうだ。これを旨く抜いてくれたら己は死ねるだらうと思つてゐる。物を言ふのがせつなくつて可けない。どうぞ手を借して抜いてくれ」と云ふのでございます。弟が左の手を弛めるとそこから又息が漏ります。わたくしはなんと云はうにも、聲が出ませんので、默つて弟の喉の創を覗いて見ますと、なんでも右の手に剃刀を持つて、横に笛を切つたが、それでは死に切れなかつたので、其儘剃刀を、刳るやうに深く突つ込んだものと見えます。柄がやつと二寸ばかり創口から出てゐます。わたくしはそれだけの事を見て、どうしようと云ふ思案も附かずに、弟の顔を見ました。弟はぢつとわたくしを見詰めてゐます。わたくしはやつとの事で、「待つてゐてくれ、お醫者を呼んで來るから」と申しました。弟は怨めしさうな目附をいたしましたが、又左の手で喉をしつかり押へて、「醫者がなんになる、あゝ苦しい、早く抜いてくれ、頼む」と云ふのでございます。わたくしは途方に暮れたやうな心持になつて、只弟の顔ばかり見てをります。こんな時は、不思議なもので、目が物を言ひます。弟の目は「早くしろ、早くしろ」と云つて、さも怨めしさうにわたくしを見てゐます。わたくしの頭の中では、なんだかかう車の輪のやうな物がぐる〳〵廻つてゐるやうでございましたが、弟の目は恐ろしい催促を罷めません。それに其目の怨めしさうなのが段々險しくなつて來て、とう〳〵敵(かたき)の顔をでも睨むやうな、憎々しい目になつてしまひます。それを見てゐて、わたくしはとう〳〵、これは弟の言つた通にして遣らなくてはならないと思ひました。わたくしは

「しかたがない、拔いて遣るぞ」と申しました。すると弟の目の色がからりと變つて、晴やかに、さも嬉しさうになりました。わたくしはなんでも一と思にしなくてはと思つて膝を撞くやうにして體を前へ乘り出しました。弟は衝いてゐた右の手を放して、今まで喉を押へてゐた手の肘を床に衝いて、横になりました。わたくしは剃刀の柄をしつかり握つて、ずつと引きました。此時わたくしの內から締めて置いた表口の戶をあけて、近所の婆あさんが這入つて來ました。留守の間、弟に藥を飮ませたり何かしてくれるやうに、わたくしの賴んで置いた婆あさんなのでございます。もう大ぶ內のなかが暗くなつてゐましたからわたくしには婆あさんがどれだけの事を見たのだかわかりませんでしたが婆あさんはあつと云つた切戶をあけ放しにして置いて驅け出してしまひました。わたくしは剃刀を抜く時、手早く拔かう、眞直に拔かうと云ふだけの用心はいたしましたが、どうも拔いた時の手應(てごたへ)は、今まで切れてゐなかつた所を切つたやうに思はれました。刃(は)が外(そと)の方へ向いてゐましたから、外の方が切れたのでございませう。わたくしは剃刀を握つた儘、婆あさんの這入つて來て、又驅け出して行つたのを、ぼんやりして見てをりました。婆あさんが行つてしまつてから、氣が附いて弟を見ますと、弟はもう息が切れてをりました。創口からは大そうな血が出てをりました。それから年寄衆がお出になつて、役場へ連れて行かれますまでわたくしは剃刀を傍に置いて、目を半分あいた儘死んでゐる弟の顔を見詰めてゐたのでございます。」

少し俯向き加減になつて庄兵衞の顔を下から見上げて話してゐた喜助は、かう云つてしまつて視線を膝の上に落した。

喜助の話は好く條理が立つてゐる。殆ど條理が立ち過ぎてゐると云つても好い位である。これは半年程の間、當時の事を幾度も思ひ浮べて見たのと、役場で問はれ、町奉行所で調べられる其度毎に、注意に注意を加へて淩つて見させられたのとのためである。

庄兵衞は其場の樣子を目のあたり見るやうな思ひをして聞いてゐたがこれが果して弟殺しと云ふものだらうか、人殺しと云ふものだらうかと云ふ疑が、話を半分聞いた時から起つて來て、聞いてしまつても、其疑を解くことが出來なかつた。弟は剃刀を抜いてくれたら死なれるだらうから、抜いてくれと云つた。それを抜いて遣つて死なせたのだ、殺したのだとは云はれる。しかし其儘にして置いても、どうせ死ななくてはならぬ弟であつたらしい。それが早く死にたいと云つたのは、苦しさに耐へなかつたからである。喜助は其苦を見てゐるに忍びなかつた。苦から救つて遣らうと思つて命を絶つた。それが罪であらうか。殺したのは罪に相違ない。しかしそれが苦から救ふためであつたと思ふと、そこに疑が生じて、どうしても解けぬのである。

庄兵衛の心の中には、いろ〳〵に考へて見た末に、自分より上（うへ）のものの判断に任す外ないと云ふ念、オオトリテエに従ふ外ないと云ふ念が生じた。庄兵衛はお奉行様の判断を、其儘自分の判断にしようと思つたのである。さうは思つても、庄兵衛はまだどこやらに腑に落ちぬものが残つてゐるので、なんだかお奉行様に聞いて見たくてならなかつた。

次第に更けて行く朧夜に、沈黙の人二人を載せた高瀬舟は、黒い水の面をすべつて行つた。

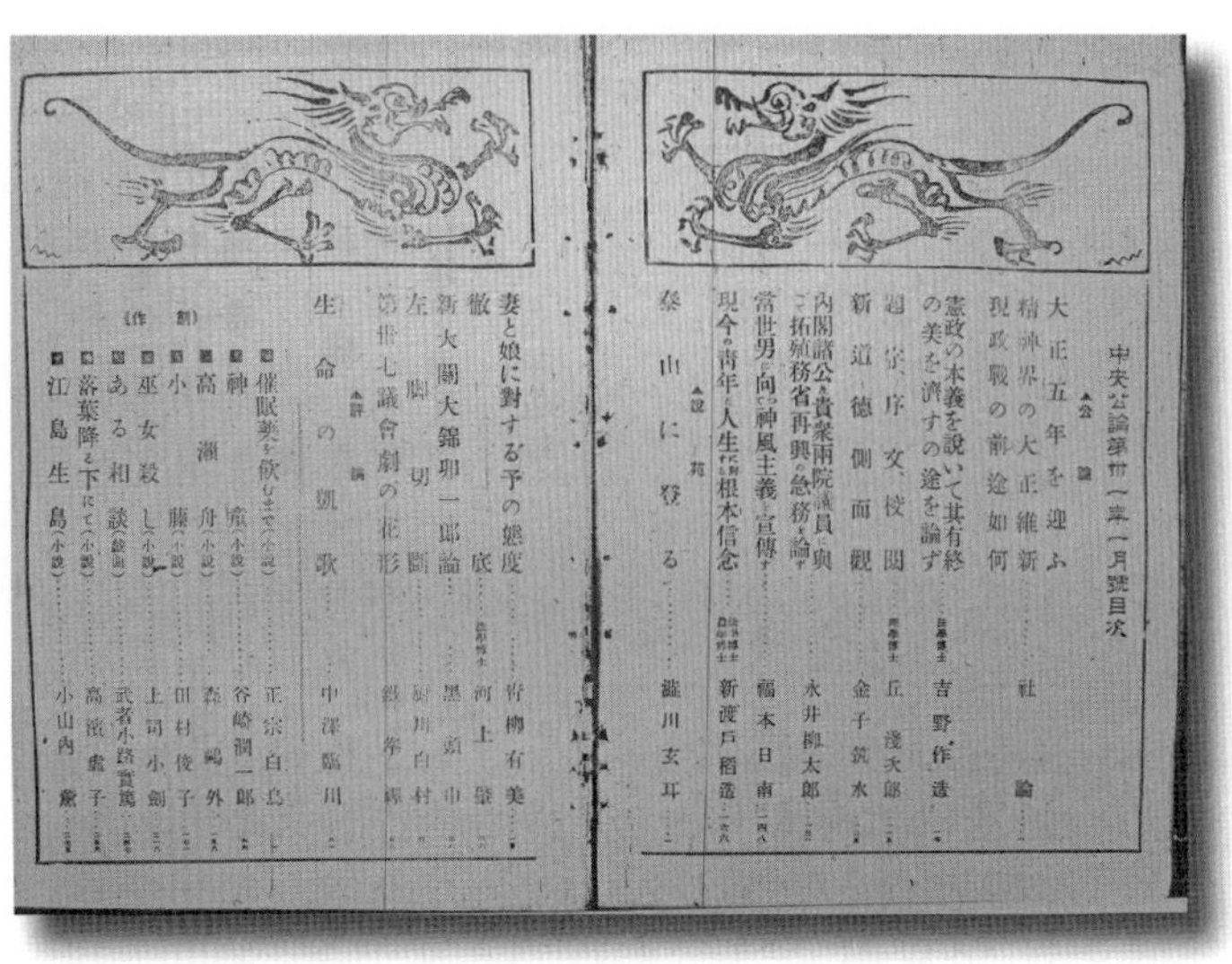
中央公論第卅一年一月號目次

▲公論

大正五年を迎ふ
精神界の大正維新……社論
現政戰の前途如何
憲政の本義を説いて其有終の美を濟すの途を論ず……法學博士 吉野作造
過去、序文、校閲……理學博士 丘淺次郎
新道徳側面觀……金子筑水
内閣諸公及貴衆兩院議員に與へて拓殖務省再興の急務を論ず……永井柳太郎
當世男に向つて神風主義を宣傳す……福本日南
現今の青年に人生に對する根本信念……法學博士 農學博士 新渡戸稻造

▲説苑

泰山に登る……瀧川玄耳

妻と娘に對する予の態度……青柳有美
徹底……法學博士 河上肇
新大關大錦卯一郎論……黒頭巾
左腳切斷……厨川白村
第卅七議會劇の花形……鐵拳禪

▲評論

生命の凱歌……中澤臨川

（創作）

催眠薬を飲むまで（小説）……正宗白鳥
神童（小説）……谷崎潤一郎
高瀬舟（小説）……森鷗外
小藤（小説）……田村俊子
巫女殺し（小説）……上司小劍
ある和談（戯曲）……武者小路實篤
落葉降る下にて（小説）……高濱虛子
江島生島（小説）……小山內薰

◆初出目次

初出：「中央公論」（1916年1月）

高瀨舟

森　林太郎

高瀨舟是上下行駛於京都高瀨川的一種小舟。德川時代，京都的罪犯一旦被判處以流放遠島，該員的親戚便會被傳喚至囹圄，恩准他們在那裏辭行。然後罪犯會被高瀨舟載走，移送大阪。負責監押的，是隸屬於京都町衙門底下的解差，依照慣例，解差會允許罪犯的一位重要親人陪同前往大阪。雖然此事並非獲得衙門認可，卻是所謂睜隻眼、閉隻眼的默許。

當時發配遠島的罪犯，當然是公認的身犯重大罪科者，但是爲了搶劫而殺人放火那般獰惡人物卻絕對未佔多數。搭乘高瀨舟的罪犯，大部分倒是所謂一時糊塗而犯下出乎意表的罪科之人。舉個常見的例子，一對情侶企圖遂行當時稱爲「相對死」的殉情，殺死了女方之後，男方卻兀自苟活，即屬此類。

高瀨舟載著那樣的罪犯，啓程於晚鐘響起時分，一邊目送京都兩岸既已黯淡的人家，一邊往東駛去，橫越加茂川而下。此舟之中，罪犯及其親人徹夜長談著身世，發的全是一些後

悔莫及的牢騷。擔任監押職務的解差，在一旁聽得那席話，可以詳細瞭解，出了個罪犯的親戚眷族他們悲慘的境遇。畢竟那些遭遇，是町衙門鋪設白砂的法庭聽取表面口供、或伏在衙門案上審閱訴訟文書的官員，夢中也無從窺知的。

執行解差勤務的人，也有各種不同的性情，此時，既有只感到聒噪而欲掩耳而後快的冷心腸者，也有爲別人的哀傷深切感同身受，礙於職務不便形之於色，卻在無言之中暗自痛心者。特別是心腸軟、愛飆淚的解差押送著身陷非常悲慘境遇的罪犯及其親屬的時候，也會不自禁地潸然淚下。

因此，在町衙門的解差同仁之間，護送高瀨舟的職務，絕不討喜。

事情發生在何時？或許是在江戶時代白河樂翁侯執掌政柄的寬政年間吧！智恩院的春櫻飄零於日暮鐘聲的向晚時分，一位前所未有的罕見罪犯，被帶上了高瀨舟。

那是一位名叫喜助、年紀三十許，住所不固定的男子。由於沒有親人可以傳喚至囹圄，乘舟時也只有孑然一身。

◆智恩院大鐘

奉命護送、要與他乘上同舟的解差羽田庄兵衞，先前只耳聞喜助是一介殺弟罪犯而已。卻說由囹圄押解他至碼頭之間，這廝瘦皮猴、臉色蒼白的喜助，瞧他樣子，眞正安分、老實，他尊敬我這位政府官吏，不論任何事也都逆來順受。而且，並非往往多見於罪犯間那種假裝溫順、刻意媚附權勢的態度。

庄兵衞覺得不可思議。接著在乘舟之後，不單單執行著監視公務、同時不斷仔細盯住喜助的一舉一動。

當天，風兒從傍晚便已停歇，遮蔽整片天空的薄雲，使月亮輪廓爲之朦朧，漸漸挨近的夏季暖氣，髣髴將化成夜靄從兩岸泥土、河床泥土紛紛冒起。離開下京街頭，穿過加茂川，周圍開始呈現一片靜謐，只聽見船首衝開浪花的潺潺水聲。

一般允許罪犯就眠於夜舟之中，喜助卻沒想要躺平，只是保持緘默，仰望隨著雲朵濃淡變化而增減光芒的月亮。其額頭明朗，兩眼炯炯有微光。

庄兵衞雖然一眼也沒正面瞧過，但注意力始終沒有移開喜助臉龐。而內心反覆著幾次：「不思議、不可思議！」那是因爲喜助的表情，不論縱觀橫視，似乎都極其快樂，假若無庸顧慮官方人員在場，讓人感覺他應該會開始吹起口哨或哼上一段歌曲。

庄兵衞在內心忖量。先前主管押運此一高瀨舟，已不知積累了多少遍經驗。可是，搭載的罪犯，幾乎同樣都表現出一副慘不忍睹的樣子。該名男子卻是如何？一派搭乘遊山船的面貌。傳聞中，男子罪在殺弟，但即使其胞弟是個惡棍、迫於某種情勢下把他解決掉，基於人情之常，也不會有好的感受。這隻臉色蒼白的瘦皮猴，難道是完全欠缺人之常情，格外稀奇的惡煞？怎麼想也不對。搞不好，他該不會是發了瘋？不不，要說，他的一言一動絲毫沒有不合邏輯之處。該男子究竟是怎麼了？對於庄兵衞而言，喜助的態度竟是越想越摸不著頭緒。

過了不久，庄兵衞按捺不住，喚了一聲：「喜助。你在想些什麼？」

喜助道了聲「小的在！」隨即環伺四週，似乎掛慮著是否自己犯了某些差池將被官爺找碴，於是正襟端坐，窺視庄兵衞的臉色。

庄兵衞感覺必須交代自己唐突發問的動機，以便爲貿然要求對方作偏離公務的回應找到托辭。於是如此言說：「不，問你話並沒有什麼特別的理由。老實說啊，我打從剛才就想聽聽你前往遠島的心情了。我歷來用這一葉舟，送了許多人到島上。他們的身世相當多元，卻無一不對前往離島感到悲傷，並且，絕對會與同乘這一葉舟的辭行親人整夜對泣不止。看你的樣子，卻好像不用苦惱遠島之行！你到底是怎麼想的呢？」

喜助莞然一笑。「感謝您親切賜教。的確，前往離島對其它人來說，也許是件可悲的事情吧！他們的心情，小的設身處地也能想像得到。但，原因出在社會上他們過慣了安逸的生活。京都是無可挑剔的地區，在那了不起的地方，到今天爲止小的飽嘗過的苦頭，小的認爲在其它地方都不會發生。衙門大發慈悲，給草民一條生路去離島。就算是一座折磨人的島嶼，諒不至是鬼所栖集的地方！在此之前，小的還沒有一個自己的立錐之地，這回，衙門打發我去待在離島。那一道命

◆高瀨舟（京都）

令，可以讓小的安頓下來，不管怎樣比什麼都難能可貴！而且，小的身體雖然軟弱，卻從來沒有生過一場病，所以，抵達遠島之後，不論幹什麼粗活兒，我想也不至於會把身體給搞壞了吧！更何況，這回打發小的去遠島，還外加了二百文圓形方孔的鳥眼銅錢。小的把它帶在這兒！」話說到一半，喜助把手貼在胸前。按照當時法令，衙門會支付鳥眼二百文錢給即將發配至遠島的罪犯。

喜助延續前話：「有件慚愧之事不得不向您稟報，小的時至今日，尚未有過像這樣把二百文錢擁入懷中的經驗。盤算著在某個地方找到個活兒來幹，徒步去尋求工作機會，一找到飯碗，就不辭辛苦地打拼。然後領到的工錢，總是右手進、左手出地必須轉付給別人。而且，能付現買食物來吃，那是我手頭寬裕的時候，多半是我負債歸零之後又馬上舉債。唯獨關進囹圄之後，不用幹活兒就可以吃到牢飯。光憑那點，我就覺得對衙門過意不去。何況出囹圄的時候，又賞我這二百文。像這樣照舊把衙門的食物拿來吃吃看的話，這二百文我自然可以不用花掉。把錢當作財物據爲己有，對我而言，這還是頭一遭。嘗試要前往遠島之前，不知道未來會幹些個什麼活兒，但是，把這二百文拿來當作上島打拼的本錢，我樂在其中。」如此說明完畢，喜助噤閉不言。

庄兵衛道「哦，是嗎？」但由於耳聞之事每件都太過出乎意表，竟也在須臾之間無法言語，陷入了沉思苦想。

庄兵衛行將年屆初老，已經讓妻子生下了四名子女。更兼上有老母健在，一家七口度日。平生，過著甚至是人稱小氣的節儉生活，衣類除了當差所穿的以外，僅僅準備了一套睡袍。但不幸的是，妻子是從資產可觀的商家迎娶進門。所以，妻子雖然有一顆好心願意靠丈夫領到的俸祿米維持家計，但由於她仍保有富家千金的習性，因此無法如夫家所預期地去縮減家庭開支。往往一到月底現金賬目不足額，妻子便會悄悄地向娘家調些頭寸來核對賬尾。那是因爲丈夫嫌惡毛毛蟲般討厭舉債。但終究，紙是包不住火的。內助拿五大節日當擋箭牌從娘家領些東西回來、或拿祝賀子女「七五三」作文章又從娘家要些東西回來給小孩，連遇到那些事庄兵衛都會感到難過，何況被他察覺到岳父家竟幫忙填補了一些羽田家的虧空，則更會擺出一張臭臉。並不怎麼發生破壞和平之能事的羽田家，之所以會掀起風波，原因正在於此。

庄兵衛現在聽過喜助的一席話，便拿喜助的身世來與自己作比較。喜助說即使幹活兒領到的工資，也右手進、左手出地交付給了別人而消亡。處境的確悲慘可憐。但是，一轉過頭來回顧自己身世，彼此之間，究竟有多大的差別？自己不也頂多是把衙門領來的俸祿米、右手進、左手出地支付給了別人而過活？彼、此之間的差異，可謂算盤檔位不同而已，就連喜助所感激的那筆相當於兩百文的積蓄，我這裡都沒有。

且說，調低算盤檔位再稍作思考，也難怪喜助能將鳥眼二百文視爲積蓄而喜悅。其心情，可以諒察。但是，再如何調整算盤檔位，感到不可思議的是喜助無慾之事、知足之事。

喜助在社會上爲了找到活兒來幹而吃了苦頭。一旦找到了活兒，他便不辭辛苦地勞動，逐漸能夠糊口藉以獲致滿足。於是身入囹圄之後，過去難以取得的食物，幾乎得自於皇天所授，驚訝於不用勞動筋骨即能有所得，感受這輩子未曾有過的心滿意足。

庄兵衞知道，再如何調整算盤檔位去嘗試思考，彼我之間都不無懸殊的差距。自己靠俸祿米立命安身，即使常常有所不足，但大致上都能維持收支平衡。生活並沒有餘裕。然而，其間卻幾乎未曾覺得心滿願足。平素度日，並不特別感到幸或不幸，但是照這樣生活，內心深處卻潛藏著疑懼，害怕冷不防地被卸了差事、或生了一場大病的話，該如何是好？經常要是獲知內助從岳父家挖錢來還債，此一疑懼便會在意識閾限上擡起頭來。

究竟何以產生此一懸隔？若僅看表面，將原因歸結爲喜助一身孑然、而庄兵衛卻有家累，那也就算了。但，那是妄語。縱使庄兵衛自己是單身漢，也產生不了喜助那樣的心境。庄兵衛猜想，追根究柢，問題還出在更深處。

庄兵衛只是漠然思索「人的一生」之類的事情。當人身上有病就會想若無此病該有多好！若逐日沒有食物、便會想假如能吃上一碗飯該有多好！若是沒有應付萬一之時的積蓄，會想即使有一丁點儲蓄那該多棒！即便有了積蓄、就會去想若能增加儲額那該多美妙！如此一來，往前方一直推衍而去，不知道人究竟到了哪一個定點才能夠停下腳步來。庄兵衛注意到，原來現在把腳步停在眼前的正是這一位喜助。

庄兵衛重新睜開驚異的雙眼，目視了喜助。此時，庄兵衛覺得仰望著天空的喜助頭頂髣髴有毫光四射。

庄兵衛一面凝視著喜助的臉龐，同時喚他一聲「喜助先生」。此番加上了「先生」，並非帶著充分的意識改變稱謂。其聲剛出我口進入我耳的瞬間，庄兵衛便察覺到此一稱謂不妥，一言既出卻已經無法重新收回。

「小的在。」答了話的喜助也似乎對「先生」的稱呼感到不安，戰戰兢兢地窺視了庄兵衛的臉色。

庄兵衛抑制住些許尷尬說：「我問題似乎有點偏多，不過，這回你要被遣送到遠島，聽說是因爲你加害了別人。能不能順便交代一下箇中原委呢？」

喜助露出誠惶誠恐的樣子說：「遵命」，接著開始低聲談起。「實在是小的一時之間太過糊塗，闖下了一件可怕的事情來，怎麼也無法向您稟告。事後回想起來，爲什麼爲幹出那一樁事，連小的自己也不由得感到不可思議。簡直發生在睡夢中。草民小時候，父母因爲害了時疫雙亡，留下了小的和弟弟兩人。起初我們就像降生於屋簷下的小狗備受町內居民憐憫一般，幫街坊鄰居跑跑腿兒換得一份溫飽，得以不用挨餓受凍而成長。慢慢長大成人了，要

求職的時候，兄弟倆也儘量在一起工作、互相照應而不分散。事情發生在去年秋天。小的跟弟弟，一起進入了西陣絹織場，幹一種「空引」織布機的活兒。過了不久，弟弟因病無法再去上工。那段期間，兄弟倆起居的處所與北山臨時搭建的小屋並沒有兩樣，渡過紙屋川的一座橋、往返於絹織場，太陽下山之後，小的買些食物回來，等候著的弟弟

◆空引機（西陣織會館）

直說讓我一個人掙錢真過意不去、真不好意思！有一天，我帶著平常心回到家裡一瞧，發現弟弟臉朝下趴在被子上，周圍沾滿了血。小的嚇了一跳，拋開了手上竹筍外皮包裝的食物或其餘東西，往旁邊問：「怎麼回事？怎麼回事？」於是弟弟擡起蒼白的臉，兩側腮頰之間早已沾染了鮮血，沒有辦法開口說話。每次呼吸，受傷的創口都只會發出呼嗤呼嗤的聲音。小的真的不瞭解狀況，問他「到底怎麼了？吐血了嗎？」正想挨近旁側，弟弟就右手拄在地板

上，稍稍撐起身子來。左手緊緊按住腮部下方，指縫間露出了凝固了的黑色血塊。弟弟用眼神似乎告訴我別再靠近他。好不容易，他終於能開口講話了，說道：「抱歉！原諒我！反正是治不好的病，所以我想，不如早點超生，就算不多，希望至少可以讓大哥減輕負荷。原本以爲要是割斷了氣管，應該就可以馬上死得成，氣卻從那裡漏出來，死不了。心想再深點、再深一點，使盡全力硬推進去，卻滑到了旁邊。刀刃似乎沒有翻落。要是你能幫我敏捷地拔出來，我想，就死得成吧！講話會難過到不行，求你助我一臂之力，幫我拔啦！」弟弟左手一鬆開，氣就又會從那兒漏出來。小的想說些什麼，奈何發不出聲，只好默默地窺視著弟弟咽喉的創口，看樣子，他好像是右手拿著一把剃刀橫向割了氣管，卻沒有辦法死成，剃刀直接就像剜剄般插入了深處。二寸許的刀柄勉勉強強從受傷創口露出。小的目睹了唯獨只有那些細節，拿不定主意，瞅了弟弟的臉。弟弟他一直瞅緊著我。小的終於跟他說：「等一下，我找醫生來處理！」弟弟露出一副怨忿似的眼神，同時用左手緊緊按住喉嚨，央我說：「醫生有啥管用？啊，痛苦，快幫我拔，拜託！」小的心情迷惘，只好凝視著看弟弟的臉龐。這種時刻，眞不可思議，眉目竟可傳言。弟弟的眼睛在說道：「快一點！快點！」怨氣沖天地盯著我不放。小的腦袋裡，總覺得有這個車輪般的東西在來回旋轉著，弟弟眼神中的可怕催促仍然不肯罷休。而且，他那積怨已深的目光，漸漸凶險，終於變得像是睥睨宿敵嘴臉時所露出的憎恨眼神。看著那一幕，小的終於決定，必須要依弟弟的指示行事。小的告訴他：「沒辦法，我幫你拔掉囉！」弟弟的目光，頓時之間變得豁然開朗，顯得很是喜悅。小的想不論如何萬萬不能拖泥帶水，先頂住膝蓋、再向前探出了身子。弟弟放開了拄在地板的右手，按住喉嚨的左手則伸出胳膊肘子支撐在地板上，順勢躺平。小的緊緊握住剃刀柄，毫不遲疑地拔將出來。此時，鄰居老太婆推開小的進屋後從內側關閉的正門，爬了進來。老太婆是小的托付她，希望我出門在外時，可以餵弟弟一些藥或幫忙照料。屋內已經頗為陰暗，小的不知道老太婆撞見了多少事情，她只丟出一聲「哎呀！」之後便奪了門飛奔了出去。小的拔掉剃刀的時候，一心留意著要迅速、筆直地拔出來，小的從拔出那瞬間的手感得知，似乎已經割到了原先沒有切斷的部分，因爲刀刃方向朝外，所以才割斷了外側部位吧！小的如實地握著剃刀，楞在那裡呆視著老太婆爬進屋裡、隨後奪門而出的動作，老太婆離開了以後，小的回過神來瞄了弟弟一眼，發現他早就已經斷了氣。大量鮮血從創口淌出。然後，主掌町內行政的年寄眾駕臨，小的被架往町務所前，把剃刀擺在身旁，一直凝視著半瞑著雙眼而死去的胞弟遺容。

略彎著腰、由下往上仰視著庄兵衞臉龐的喜助，交代了來龍去脈之後，便將視線落在膝上。

喜助一席話條理分明。可以說，幾幾乎乎太過站得住腳了。這是因爲，半年來，一則是已經有多少次回憶起當時的事發經過，再則是每每在町務所被盤問、在町衙門被審訊時，一再加以注意、並且被迫強行反覆練習的緣故。

庄兵衞傾耳聞，感覺彷彿當場目擊一般，但是，話聽到一半，便開始產生了疑問：這種行爲眞的是所謂的殺弟？抑或所謂的殺人？即使聽到尾聲，仍然未能解開重重疑團。弟弟主張拔掉剃刀就或許能死成，所以說要幫他拔！給他拔個痛快，大家卻說這令他致死、殺死了他。但是，即便置之不理，弟弟似乎終歸必須一死。他之所以表示要早點超生，是因爲耐不住痛苦。喜助見他受苦，於心不忍。原本想助他解脫痛苦，卻了結了他的性命。那是一種罪行？殺人有罪，無庸置疑。但是，一旦考量到出發點是爲了救苦，疑惑就此萌生，百思不得其解。

庄兵衛心中，左斟右酌，最終產生了一個念頭：排除己見，唯有交由上級作判斷、唯當權者（autorité）是從！庄兵衛默思，要將町衙門所下的判斷，不折不扣地視爲自身的判斷。儘管那般著想，庄兵衛還在某個環節上納著悶，總覺得一定要儘速去向奉行官老爺問個明白。

逐漸更闌夜盡的朦朧月下，高瀨舟承載著保持沉默的二個人，滑過黑暗水面而去。

初出：「中央公論」（1916年1月）

高瀬舟

森林太郎

高瀬舟は京都の高瀬川を上下する小舟である。徳川時代に京都の罪人が遠島を申し渡されると、本人の親類が牢屋敷へ呼び出されて、そこで暇乞をすることを許された。それから罪人は高瀬舟に載せられて、大阪へ廻されることであつた。それを護送するのは、京都町奉行の配下にゐる同心で、此同心は罪人の親類の中で、主立つた一人を大阪まで同船させることを許す慣例であつた。これは上へ通つた事ではないが、所謂大目に見るのであつた黙許であつた。

當時遠島を申し渡された罪人は、勿論重い科を犯したものと認められた人ではあるが、決して盗をするために、人を殺し火を放つたと云ふやうな、獰惡な人物が多數を占めてゐたわけではない。高瀬舟に乘る罪人の過半は、所謂心得違のために、想はぬ科を犯した人であつた。有り觸れた例を擧げて見れば、當時相對死と云つた情死を謀つて、相手の女を殺して、自分だけ活き殘つた男と云ふやうな類である。

さう云ふ罪人を載せて、入相の鐘の鳴る頃に漕ぎ出された高瀬舟は、黒ずんだ京都の町の家々を兩岸に見つつ、東へ走つて、加茂川を横ぎつて下るのであつた。此舟の中で、罪人と其親類のものとは夜どほし身の上を語り合ふ。いつもいつも悔やんでも還らぬ繰言である。護送の役をする同心は、傍でそれを聞いて、罪人を出した親戚眷族の悲慘な境遇を細かに知ることが出來た。所詮町奉行所の白洲で、表向の口供を聞いたり、役所の机の上で、口書を讀んだりする役人の夢にも窺ふことの出來ぬ境遇である。

同心を勤める人にも、種々の性質があるから、此時只うるさいと思つて、耳を掩ひたく思ふ冷淡な同心があるかと思へば、又しみじみと人の哀を身に引き受けて、役柄ゆゑ氣色には見せぬながら、無言の中に私かに胸を痛める同心もあつた。場合によつて、非常に悲慘な境遇に陥つた罪人と其親類とを、特に心弱い、涙脆い同心が宰領して行くことになると、其同心は不覺の涙を禁じ得ぬのであつた。

そこで高瀬舟の護送は、町奉行所の同心仲間で、不快な職務として嫌はれてゐた。

いつの頃であつたか。多分江戸で白河樂翁侯が政柄を執つてゐた寛政の頃ででもあつただらう。智恩院の櫻が入相の鐘に散る春の夕に、これまで類のない、珍らしい罪人が高瀬舟に載せられた。

それは名を喜助と云つて、三十歳ばかりになる、住所不定の男である。固より牢屋敷に呼び出されるやうな親類はないので、舟にも只一人で乘つた。

作者生平

森鷗外（もり－おうがい，1862-1922）小說家、翻譯家、評論家，本名森林太郎。生於藩醫世家，取得東京帝國大學醫學部學位之後，進入陸軍軍醫體系，由陸軍省派往德國留學四年。歷任陸軍醫學校校長、臺灣總督府陸軍局軍醫部長、陸軍軍醫總監等職，退役後，更出任帝室博物館總長、帝國美術院院長等要職。創刊「柵草紙」「目不醉草」等文藝雜誌之餘，迻譯代表作有詩集『於母影』、長編小說『即興詩人』等；小說創作有『舞姬』『青年』『雁』等，晚年特別在歷史小說、史傳方面取得斐然成果。其文學理念傾向於反自然主義路線，與夏目漱石並列為日本近代文學雙璧。『鷗外全集』（1971-75、東京：岩波書店）。

附帶一提，電影『一八九五』開場吟詠著短歌的軍醫森鷗外，實際上在抵達臺灣之前已經是一位醫學博士，又在離臺十餘年後獲頒文學博士學位。

『翁草・流人の話』

流人を大阪へ渡さるに、高瀬より船にて、町奉行の同心之を守護して下る事なり、凡流人は前にも記す如く、賊の類は希にして、多くは親妻子もてる平人の辜に遇るなり、罪科決して島へ遣はさるゝ節、牢屋敷に於て、親戚の者を出呼し引合せて、暇乞をさせらるゝ定法なり、故に親戚長別して舊里を出る道途なれば、己[1]がどち、船中にて夜と倶に越方行末の事を悔て愁涙悲嘆して、かきくどくを、守護の同心終夜聞につけ、哀傷起り、心を痛ましむる事なるに、或時一人の流人、公命を承ると否、世に嬉しげに、船へ乗てもいさゝか愁へる色不見、守護の同心是を見て、卑賤の者ながらよく覺悟せりと感心して、船中にて彼者に對して稱嘆するに、彼云く常に僅の營に、渇々粥を啜りて、露命をつなぎしに、此御吟味に逢候てより、久々在牢の內、結構なる御養ひを戴き、いたづらに遊び暮し冥加なき上に、剰此度鳥目二百文を下されて（流人に鳥目二百銅づゝ賜事古來より定例なり）、島へ遣はさる事、如何なる果報にて如此なりや、是迄二百文の錢をかため持たる事、生涯に覺え申さず、加程過分の元手有之候へば、たとへ鬼有る島なりとも、一つ身の凌ぎはいか樣にも出來可申候、素より妻子親類とてもなく、苦しき世をわたり兼候へば、都に名殘は更になく候とて、悦ぶ事限りなし、此者西陣高機の空引に傭れありきし者なるが、其罪蹟は、兄弟の者、同く其日を過し兼ね、貧困に迫りて自害をしかゝり、死兼居けるを、此者見付て、迚も助かるまじき體なれば、苦痛をさせんよりはと、手傳ひて殺しぬる其科に仍り、島へ遣はさるゝなりけらし、其所行もとも惡心なく、下愚の者の辨へなき仕業なる事、吟味の上にて、明白なりしまゝ死罪一等を宥められし物なりとぞ、彼守護の同心の物語なり、

（神澤貞幹（編）池邊義象（校）『翁草：校訂12』（1905、京都：五車樓書店））

1原「巳」字，據日本隨筆大成編輯部（編）『日本隨筆大成第3期22』（1978、東京：吉川弘文館）改正。

上級將流人移送大阪之際，由高瀨乘船，町奉行同心守護該犯而下之事。凡是流人，皆如前所記載，鮮少賊類，多爲上有父母下有妻子之平民百姓領罪。一旦定讞，依常規，遣送至離島之時，會在牢房，召喚親戚前來相見，讓犯人辭行。由於即將長別親戚、離開故里出遠門，自家人，在船中過夜，悔前思後、愁淚悲嘆，傾訴自己之心境，守護之同心每每終夜聽聞，哀傷便起，令其痛心。某次，有一流人，一接獲官府命令，立即露出一副極其喜孜孜之模樣，即便乘上船隻亦絲毫不見其哀愁之神色。守護之同心見狀，欽佩他雖然身份卑賤但卻相當有自覺，在船中對他稱讚起來。他自道：「經常爲了小小的生計，口乾渴渴地啜粥，藉以維繫朝不保夕的性命，此番遭逢審訊後，久久待在牢內，承蒙充足的供養，不用幹活兒、輕鬆度日，不勝感激！更何況，這次又賞賜給草民鳥眼銅錢二百文（賜予流人各鳥眼二百文，是自古以來之定例），遣送到離島一事，是何等走運應竟可獲得這般待遇？回顧一生，草民至今從未緊緊握持過二百文錢。既然擁有這一筆過度的資金，縱使是有鬼之島，再怎麼樣，我一個人都可以應付得過來。原本，草民就沒有妻子親戚，由於苦哈哈的日子難以度過，因此對於京都一點也都沒有不捨。」他言及此，無限喜悅。此人曾受僱於西陣高機之空引幹遍各種工作，罪蹟爲其一位兄弟，同樣難以挨過日子，兄弟迫於貧困而尋死，正在難以斷氣之際，被此人撞見，由於狀況早已無力回天，於是此人思考，與其讓他繼續忍受苦痛，不如助他痛快超生！而犯下協助自殺之罪。其行徑原無惡念，下愚者莽莽撞撞所幹下之勾當，經審訊，案情水落石出，依法罪減一等、免死，科以流放離島之刑云云。此乃該守護同心之物語。

（神澤貞幹（編）池邊義象（校）『翁草：校訂12』（1905、京都：五車樓書店））

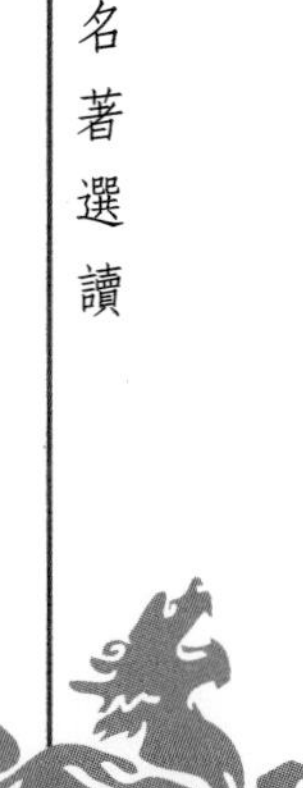

高瀬舟と寒山拾得

——近業解題——

森　林太郎

高　瀬　舟

京都の高瀬川は、五條から南は天正十五年に、二條から五條までは慶長十七年に、角倉了以が掘つたものださうである。そこを通ふ舟は曳舟である。原來たかせは舟の名で、其舟の通ふ川を高瀬川と云ふのだから、同名の川は諸國にある。しかし舟は曳舟には限らぬので、和名鈔には釋名の「艇小而深者曰䑨」とある䑨の字をたかせに當ててある。竹柏園文庫の和漢船用集を借覽するに、「おもて高く、とも、よこともにて、低く平なるものなり」と云てある。そして圖には篙(さを)で行(や)る舟がかいてある。

徳川時代に京都の罪人が遠島を言ひ渡されると、高瀬舟で大坂へ廻されたさうである。それを護送して行く京都町奉行附の同心が悲しい話ばかり聞せられる。或るとき此舟に載せられた兄弟殺しの科を犯した男が、少しも悲しがつてゐなかつた。其仔細を尋ねると、これまで食を得ることに困つてゐたのに、遠島を言ひ渡された時、銅銭二百文を貰つたが、銭を使はずに持つてゐるのはこれが始だと答へた。又人殺しの科はどうして犯したかと問へば、兄弟で西陣に傭はれて、空引と云ふことをしてゐたが、給料が少くて暮しが立ち兼ねた、其内同胞が自殺を謀たが、死に切れなかつた[1]、そこで同胞が所詮助からぬから殺してくれと頼むので、殺して遣つたと云つた。

1原「なつた」，據『鷗外全集　第十六巻』改正。

この話は翁草に出てゐる。池邊義象さんの校訂した活字本で一ペエジ餘に書いてある。私はこれを讀んで、其中に二つの大きい問題が含まれてゐると思つた。一つは財産と云ふものの觀念である。錢を持つたことのない人の錢を持つた喜は、錢の多少には關せない。人の欲には限がないから、錢をもつて見ると、いくらあればよいといふ限界は見出だされないのである。二百文を財產として喜んだのが面白い。今一つは死に掛かつてゐて死なれずに苦んでゐる人を、死なせて遣ると云ふ事である。人を死なせて遣れば、即ち殺すと云ふことになる。どんな場合にも人を殺してはならない、翁草にも、教のない民だから、惡意がないのに人殺しになつたと云ふやうな、批評の詞があつたやうに記憶する。しかしこれはさう容易に杓子定規で決してしまはれる問題ではない。こゝに病人があつて死に瀕して苦んでゐる。それを救ふ手段は全くない。傍からその苦むのを見てゐる人はどう思ふであらうか。縱令教のある人でも、どうせ死ななくてはならぬものなら、あの苦みを長くさせて置かずに、早く死なせて遣りたいと云ふ情は必ず起る。こゝに痲醉藥を與へて好いか惡いかと云ふ疑が生ずるのであ[2]る。其藥は致死量でないにしても、藥を與へれば、多少死期を早くするかも知れない。それゆゑ遣らずに置いて苦ませてゐなくてはならない。從來の道德は苦ませて置けと命じてゐる。しかし醫學社會には、これを非とする論がある。即ち死に瀕して苦むものがあつたら、樂(らく)に死なせて、其苦を救つて遣るが好いと云ふのである。これをユウタナジイといふ。樂に死なせ

2「あ」字原無，據『鷗外全集　第十六巻』補入。

ると云ふ意味である。高瀬舟の罪人は、丁度それと同じ場合にゐたやうに思はれる。私にはそれがひどく面白い。

かう思つて私は『高瀬舟』と云ふ話を書いた。中央公論で公にしたのがそれである。

「心の花」（1916年1月）（寒山拾得の部分は省略する）

高瀨舟與寒山拾得

——近業解題——

森　林太郎

高　瀨　舟

京都的高瀨川，據悉開發者角倉了以在天正十五年、慶長十七年各挖掘了五條以南、二條至五條等航段。通行其間的是拖船。たかせ原係一種舟名，通行此舟之川即稱爲高瀨川，因此，同名河川各地皆有。但，由於型態不限於拖船，『和名鈔』引述『釋名』「艇小而深者曰艖」，而爲たかせ塡上「艖」字。我向竹柏園文庫借得『和漢船用集』，書上寫著「艫高，艫係橫艫，低平者也」，並附上一幅使篙撐船圖。

德川時代，據聞京都的罪犯一旦流放遠島之刑定讞，便會搭高瀨舟被遣送到大坂。押解犯人的同心（附屬於京都町奉行），往往被迫聽到的盡是些悲慘之事。某次，此舟載著一位犯了殺死兄弟之科的男子，他並沒有一絲絲悲情。仔細詢問之下，他表示：「在此之前，爲了得到餐食而陷入困境，被宣判流放遠島的時候，獲得了銅錢二百文，擁有一筆錢財而不用支出，這是草民有生以來第一次經驗。」又問及何以犯科殺人，他回答：「兄弟二人受僱於西陣擔任空引紡織工，薪水微薄、難以過活，不久，同胞企圖自殺，卻死不了，於是，同胞拜託說反正沒得救了，殺了我吧！所以，草民便殺了他。」

此一故事出自於『翁草』。池邊義象先生校訂的活字本，佔了一頁有餘的篇幅。披讀之後，我認爲，其中隱含了二大問題。其一，是財產這個東西的觀念。未曾擁有錢財者，把錢握在手中的喜悅，無關乎金額多寡。由於人的慾望無窮，一旦持有一筆錢，該增加到多少？將無法被找出其界限。視二百文爲財產而欣欣然有喜色一事，有趣！現在，另一件是，眼看即將了結性命卻死不了而備受痛苦折磨的人，讓他死得痛快一事。給別人死，換言之即是殺人。無論任何情形，皆不可動手殺人。記憶中，『翁草』也有一段批評，認爲他是一個沒知識的人，原無惡意卻變成了殺人犯。但是，該問題卻不容易按照成規去定出是非。此處有病人瀕臨死亡而忍受著痛苦。完全拿不出辦法施救。從傍眼巴巴看著他受苦的人作何感想？縱使是知識份子，也必然會興起一股情緒，想說橫豎必須面對死亡，就讓他早些超生算了，別再讓他吃苦煎熬那麼久！在此，便會產生一個疑問——補一劑麻醉藥給病人究竟是好是壞？

即使藥量並未達到致死程度，給病人用藥的話，或許多多少少可以加速其死辰。正因爲如此，藥硬是給不得，仍須坐視病人忍受折磨。以往的道德，命令醫師讓病人受苦。但是，在醫學社會，已有論者以此爲非，亦即認爲若有瀕臨死亡痛苦呻吟者，令他安樂地死去，務求解救其苦爲宜。此稱之爲「由它納吉」(euthanasie)，意味著使他安樂地死去。高瀨舟的罪犯，看來恰與上述情況相同，我感到極其有趣。

如此思量，我寫了題爲『高瀨舟』的小說。發表於「中央公論」的，即爲該篇。

「心之花」（1916年1月）（寒山拾得部分從略）

◆初出目次

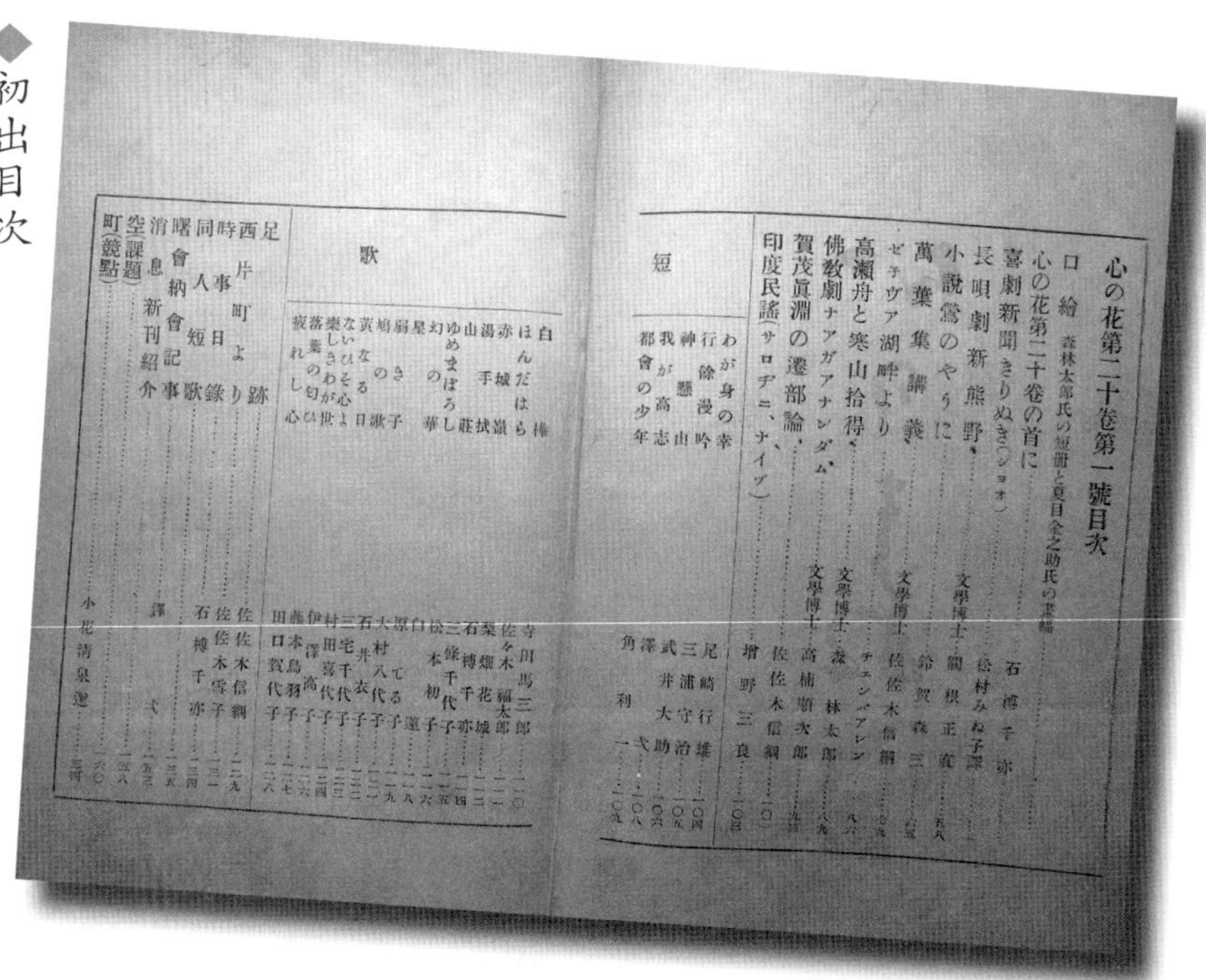

心の花第二十卷第一號目次

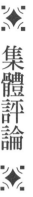

集體評論

◎笠井清（「鷗外と『高瀬舟』」（「日本文学」1953年9月））

（略）ここで取りあつかわれた知足と安楽死の二つのテーマはその相互の間には緊密な関係が示されず、前者の知足の方は人為を離れて天命に安んずるという古くからの東洋の知命の境地や悟りの諦観に近く、後者の安楽死は自然に逆っても人間の意志を重視し生命さえも自由に断つ事を肯定する主我的近代的西洋的な思想であって、この一篇の中に、古と今、東洋的な思想と西洋的な思想とが、別々にその相を表わしているかのようである。

◎長谷川泉（「高瀬舟（森鷗外の歴史小説――現代文の鑑賞・その三）」（「国文学解釈と鑑賞」1953年5月））

「縁起」が語るように、この財産観念と安楽死の問題は、嚢中の二本の錐の先のように「高瀬舟」一篇の中でめだつている。作者鷗外がはつきり言明しているように「高瀬舟」はこの二つの問題に対する興味から構成されたものである。そして、普通の常識からするならば、財産観念の異常ということと、安楽死という次元の異つた二つのテーマが、かなり尖鋭に露出したまゝ「高瀬舟」は高瀬川を下つてゆくのである。鷗外は強いてこの二つの問題の間に統一的なテーマを設定しない。

◎三好行雄（「「高瀬舟」について――その成立」（「国文学解釈て鑑賞」1954年7月）

①鷗外は寒山や拾得に仮託して「愚者のごとき神」を形象し、いつぽう「高瀬舟」では、喜助によつて「神のごとき愚者」のすがたをえがいている。

②ユータナジイの論理は、運命に随順するそれではなく、むしろ自然えの反抗にちかい。その意味では、「知足」とはあいいれぬ対極にある。

◎松隈義勇（「『高瀬舟』の主題と鷗外の精神状況」（「研究紀要」1971年12月））

①とにかくこの時の庄兵衛には喜助が神とも仏・菩薩とも見えた。（略）「毫光がさすやう」とは神仙的な状態にある人を示す時に鷗外のしばしば用いる形容語句である。

②喜助が知足の心を語って後ジテとなり神仙として現じたときから、庄兵衛の胸中には、いったい神仙が罪を犯すということがあり得ようかという疑念が生ずる。そこで喜助にむかって「喜助さん」と呼びかけ、その罪の実情実態を問いただす。

◎山田晃（「鷗外における『歴史を超えるもの』について――『安井夫人』から『高瀬舟』まで」（『日本の近代文学――作家と作品』1978所収））

①貧苦にまみれながら、人事のかぎりを尽くしていたわりあった弟を天命にゆだねた喜助は、その慈悲行のゆえに死を超えたのである。歴史ならぬ、死を超えるとは一体何なのか。（略）庄兵衛の見た、喜助の頭からさす「毫光」は、このことと関係があるのであろうか。

②「高瀬舟」の主人公が、去就においても所有においても、小我を捨離しえた無私の境地に抜け出たさま、その慈悲行のゆえに死をも超え得たさまを読みとった。彼の住する世界は、思うにその名のごとく、大きな喜びの世界というにふさわしい。（略）「慈悲喜捨」とつらねたこの四つは、大般涅槃経に説かれる四無量心である。

③四無量心に思い至ったのは、喜助の経歴と現存とが、この四つの心の具現とみられたからであるが、加えて次の二個条もその理由である。一つは、原拠とされる『翁草』「流人の話」における無名の流人に特に喜助の名を与えたこと、二つは、右資料に「苦痛をさせんよりはと、手伝ひて殺しぬる」とある直線的な叙述を、苦痛の原因たる剃刀を抜いてやるというかたちで、端的な抜苦すなわち「悲」のイメージに変容していることである。

④さらに、喜助のありようを四無量心で解いてみたのは、これも唐突な言い方ながら、鷗外に喜助を菩薩になぞらえようとする疑いがあるからでもあった。

◎田中実（「「高瀬舟」私考」（「日本文学」1979年4月））

①そんな生活の中で、弟は「兄きに楽がさせたい」と思って、自から命を断つ。言わば、それが弟の生き方、生きる道であった。結果、兄は弟の死によって生を得たとも言えよう。

②意識下の深奥の決定的変動、この〈精神の死〉を経、なお生き残っている喜助は

既に以前の喜助であろうはずはなく、今までの彼の内部世界は崩壊し、それによって今まで在った現実的世界を逸脱し、弟とともにある超現実の生を生きることになったのである。通常の常識的世界にある庄兵衛にとって、喜助があたかも菩薩の如く、「毫光」を放つ所以は、ここにあるはずである。

◎三好行雄（「高瀬舟」（『森鷗外必携』1989所収））

山田晃のように、喜助を目して菩薩道を体得した慈悲行の人と見做すのはやはり無理なようである。喜助に知足に通う心境がもしあったとしても、それはかれ固有の体験のもたらした偶然であって、決して一般化も普遍化もできないはずである。

◆問題與討論◆

一、森鷗外在其「高瀨舟」作品解題中，曾經揭示『翁草・流人物語』原典隱含了「二大問題」，分別是「財產觀念」、「安樂死」。細讀小說之後，你認爲「二大問題」是否呈現分裂狀態？

二、「高瀨舟」筆下的喜助，由於協助胞弟解脫了痛苦而必須服刑流放到遠島去。對於此一判決，你認爲過輕或過重？

三、柳澤浩哉在其論文「『高瀬舟』の真相──小説史上，最も読者を欺いた殺人犯」（「広島大学日本語教育研究」2010）主張，「高瀨舟」可視爲一部推理小說去作閱讀。柳澤指出，喜助早已面帶殺機，原因可歸咎於纏綿病榻、再也無法上工掙錢的胞弟，花掉了六個月的藥費，導致兩兄弟失和，所以喜助狠下心來對痊癒無望的弟弟痛下毒手。你贊成喜助蓄意殺人而巧辯得逞的觀點嗎？理由何在？

四、鼻

芥川龍之助

禪智內供（ないぐ）の鼻と云へば、池の尾で知らない者はない。長さは五六寸あつて、上唇の上から顋の下まで下つてゐる。形は元も先も同じやうに太い。云はゞ、細長い腸詰めのやうな物が、ぶらりと顔のまん中からぶら下がつてゐるのである。

五十歳を越えた內供は、沙彌の昔から內道場供奉の職に陞つた今日まで、內心は始終この鼻を苦に病んで來た。勿論表面では、今でもさほど氣にならないやうな顔をしてすましてゐる。これは專念に當來の淨土を渴仰すべき僧侶の身で、鼻の心配をするのが惡いと思つたからばかりではない。それより寧、自分で鼻を氣にしてゐると云ふ事を、人に知られるのが嫌だつたからである。內供は日常の談語の中に、鼻と云ふ語が出て來るのを何よりも惧れてゐた。

內供が鼻を持てあました理由は二つある。——一つは實際的に、鼻の長いのが不便だつたからである。第一飯を食ふ時にも獨りでは食へない。獨りで食へば、鼻の先が鋺(かなまり)の中の飯へとゞいてしまふ。そこで內供は弟子の一人を膳の向ふへ坐らせて、飯を食ふ間中、廣さ一寸長さ二尺ばかりの板で、鼻を持上げてゐて貰ふ事にした。しかしかうして飯を食ふと云ふ事は、持上げてゐる弟子にとつても、持上げられてゐる內供にとつても、決して容易な事ではない。一度この弟子の代りをした中童子が嚏をした拍子に手がふるへて、鼻を粥の中へ落した話は、當時京都まで喧傳された。——けれども之は內供にとつて、決して鼻を苦に病んだ重な理由ではない。內供は實にこの鼻によつて傷けられる自尊心の爲に苦しんだのである。

池の尾の町の者は、かう云ふ鼻をしてゐる禪智內供の爲に、內供の俗でない事を仕合せだと云つた。あの鼻では誰も妻になる女があるまいと思つたからである。中には又、あの鼻だから出家したのだらうと批評する者さへあつた。しかし內供は、自分が僧である爲に、幾分でもこの鼻に煩される事が少くなつたとは思つてゐない。內供の自尊心は、妻帶と云ふやうな結果的な事實に左右される爲には、餘りにデリケイトに出來てゐたのである。そこで內供は、積極的にも消極的にも、この自尊心の毀損を恢復しやうと試みた。

第一に內供の考へたのは、この長い鼻を實際以上に短く見せる方法である。之は人の居無い時に、鏡へ向つて、いろいろな角度から顏を映しながら、熱心に工夫を凝らして見た。どうかすると、顏の位置を換へるだけでは、安心が出來なくなつて、頰杖をついたり頤の先へ指をあてがつたりして、根氣よく鏡を覗いて見る事もあつた。しかし自分でも滿足する程、鼻が短く見えた事は、是までに唯の一度もない。時によると、苦心すればする程、却て長く見えるやうな氣さへした。內供は、かう云ふ時には、鏡を筥へしまひながら、今更のやうにため息をついて不承不承に又元の經机へ、觀音經をよみに歸るのである。

それから又、內供は、絕えず人の鼻を氣にしてゐた。池の尾の寺は、僧俗講說などの屢〻行はれる寺である。寺の內には、僧坊が隙なく建て續いて、湯屋では寺の僧が日每に湯を沸かしてゐる。從つてこゝへ出入する僧俗の類も甚多い。內供はかう云ふ人々の顏を根氣よく物色した。一人でも自分のやうな鼻のある人間を見つけて、安心がしたかつたからである。だから內供の眼には、紺の水干も白の帷子もはいらない。まして柑子色の帽子や、椎鈍（しひにび）の法衣（ころも）なぞは、見慣れてゐるだけに、有れども無きが如くである。內供は、人を見ずに、唯、鼻を見た。——しかし鍵鼻はあつても、內供のやうな鼻は一つも見當らない。見當らない事が度重なつた時、內供の心は、一層不快になつた。內供が人と話しながら思はず、ぶらりと下つてゐる鼻の先をつまんで見て、年甲斐もなく顏を赤めたのは、全くこの不快に動かされての所爲である。

最後に、內供は、內典外典の中に、自分と同じやうな鼻のある人物を見出して、せめても幾分の心やりにしやうとさへ思つた事がある。けれども、目蓮や、舍利弗の鼻が長かつたとは、どの經文にも書いてない。勿論龍樹や馬鳴も、人並の鼻を備へた菩薩である。內供は、震旦(しんたん)の話の序(ついで)に蜀漢の劉玄德の耳が長かつたと云ふ事を聞いた時に、それが鼻だつたら、どの位、自分は心細くなくなるだらうと思つた。

內供がかう云ふ消極的な苦心をしながらも一方では又、積極的に鼻の短くなる方法を試みた事は、わざわざこゝに云ふ迄もない。內供はこの方面でも、殆出來るだけの事をした。烏瓜を煎じて飮んで見た事もある。[1]鼠の尿(いばり)を鼻へなすつて見た事もある。しかし何をどうしても、鼻は依然として、五六寸の長さを、ぶらりと唇の上にぶら下げてゐるのである。

所が或年の秋、內供の用を兼ねて、京都へ上つた弟子僧が、知己(しるべ)の醫者から長い鼻を短くする法を教はつて為た。その醫者と云ふのは、もと震旦から渡つて來た男で、當時は長樂寺の供僧になつてゐたのである。

內供は、いつものやうに、鼻などは氣にかけないと云ふ風をして、わざとその法もすぐにやつて見やうとは云はずにゐた。さうして一方では、氣輕な口調で、食事の度毎に、弟子の手數をかけるのが、心苦しいと云ふやうな事を云つた。內心では勿論弟子の僧が、自分を說伏せて、この法を試みさせるのを待つてゐたのである。弟子の僧にも、

1句點原漏，據「鼻」完成原稿（秀明大學「芥川龍之介展」（2012））補入。

內供のこの策略がわからない筈はない。しかしそれに對する反感よりは、內供のさう云ふ策略をとる心もちの方が、より強くこの弟子の僧の同情を動かしたのであらう。弟子の僧は、內供の豫期通り、口を極めて、この法を試みる事を勸め出した。さうして、內供自身も亦、その豫期通り、結局この熱心な勸告に聽從する事になつた。

その法と云ふのは、唯、湯で鼻を茹でゝ、その鼻を人に踏ませると云ふ、極めて簡單なものであつた。

湯は寺の湯屋で、毎日沸かしてゐる。そこで弟子の僧は、指も入れられ[2]ないやうな熱い湯を、すぐに提(ひさげ)に入れて、湯屋から汲んで來た。しかしぢかにこの提へ鼻を入れるとなると、湯氣に吹かれて顏を火傷(やけど)する惧がある。そこで折敷(をしき)[3]へ穴をあけて、それを提の蓋（ふた）にして、その穴から鼻を湯の中へ入れる事にした。鼻だけはこの熱い湯の中へ浸しても、少しも熱くないのである。しばらくすると弟子の僧が云つた。

——もう大分茹つた時分でござらう。

内供は苦笑した。これだけ聞いたのでは、誰も鼻の話とは氣がつかないだらうと思つたからである。鼻は熱湯に蒸されて、蚤のくふやうにむづ痒い。

弟子の僧は、内供が折敷の穴から鼻をぬくと、そのまだ湯氣の立つてゐる鼻を、兩足に力を入れながら、踏みはじめた。内供は横になつて、鼻を床板の上へのばしながら、

2「れ」字原漏，據「鼻」完成原稿。

3假名原標示「おりしき」，據芥川龍之介『芥川龍之介　第一巻』（1977、東京：岩波書店）改。

弟子の僧の足が上下(うへした)に動くのを眼の前に見てゐるのである。弟子の僧は、時々氣の毒さうな顏をして、內供の禿げ頭を見下しながら、こんな事を云つた。

——痛うはござらぬかな。醫師は責(せ)めて踏めと申したで。ぢやが、痛うはござらぬかな。

內供は、首を振つて、痛くないと云ふ意味を示さうとした。所が鼻を踏まれてゐるので思ふやうに首が動かない。そこで、上眼(うはめ)を使つて、弟子の僧の足に皹(あかぎれ)のきれてゐるのを見ながら、腹を立てたやうな聲で、

——痛うはないて。

と答へた。實際鼻はむづ痒い所を踏まれるので、痛いよりも却つて氣もちのいゝ位だ

つたのである。

しばらく踏んでゐると、やがて、粟粒のやうなものが、鼻へ出來はじめた。云はゞ毛をむしつた小鳥をそつくり丸炙(まるやき)にしたやうな形である。弟子の僧は、之を見ると、足を止めて獨り言のやうにかう云つた。

——之を鑷子(けぬき)でぬけと申す事でござつた。

內供は、不足らしく頰をふくらせて、默つて弟子の僧のするなりに任せて置いた。勿論弟子の僧の親切がわからない譯ではない。それは分つても、自分の鼻をまるで物品のやうに取扱ふのが、不愉快に思はれたからである。內供は信用しない醫者の手術をうける患者のやうな顏をして、不承不承に弟子の僧が鼻の毛穴から、鑷子で脂をとるのを眺めてゐた。脂は、鳥の羽の莖のやうな形をして、四分ばかりの長さにぬけるのである。

やがて之が一通りすむと、弟子の僧は、ほつと一息ついたやうな顏をして、

——もう一度、之を茹でればようござる。

と云つた。

內供は矢張、八の字のよせたまゝ不服らしい顏をして、弟子の僧の云ふなりになつてゐた。

さて二度目に茹でた鼻を出して見ると、成程、何時になく短くなつてゐる。これではあたりまへの鍵鼻と大した變りはない。內供はその短くなつた鼻を撫でながら、弟子の僧の出してくれる鏡を、極りが惡るさうにおづおづ覗いて見た。

鼻は――あの頤の下まで下つてゐた鼻は、殆嘘のやうに萎縮して、僅に上唇の上に意氣地なく殘喘を保つ[4]てゐる。所々まだらに赤くなつてゐるのは、恐らく踏まれた時の痕であらう。かうなれば、もう誰も哂ふものはないのにちがひない。――鏡の中にある內供の顏は、鏡の外にある內供の顏を見て、滿足さうに眼をしばたゝいた。

しかし、その日はまだ一日、鼻が又長くなりはしないかと云ふ不安があつた。そこで內供は誦經をする時にも、食事をする時にも、暇さへあれば手を出して、そつと鼻の先にさはつて見た。が、鼻は行儀よく唇の上に納まつてゐるだけで、格別それより下へぶら下つて來る氣色もない。それから一晩寢て、あくる日早く眼がさめると內供は先、第

4 「つ」字原無，據『芥川龍之介　第一巻』補入。

一に、自分の鼻を撫でて見た。鼻は依然として短い。內供はそこで、幾年にもなく、法華經書寫の功を積んだ時のやうな、のびのびした氣分になつた。

所が二三日たつ中に、內供は意外な事實を發見した。それは折から、用事があつて、池の尾の寺を訪れた侍が、前よりも一層可笑しさうな顏をして、話も碌々せずにぢろぢろ內供の鼻ばかり眺めてゐた事である。それのみならず、嘗內供の鼻を粥の中へ落した事のある中童子なぞは、講堂の外で內供と行きちがつた時に、始めは、下を向いて可笑しさをこらへてゐたが、とうとうこらへ兼ねたと見えて、一度にふつと吹き出してしまつた。用を云ひつかつた下法師たちが、面と向つてゐる間だけは、愼んで聞いてゐても、內供が後さへ向けば、すぐにくすくす笑ひ出したのは、一度や二度の事ではない。

內供は始、之を自分の顏がはりがしたせいだと解釋した。しかしどうもこの解釋だけでは十分に說明がつかないやうである。——勿論、中童子や下法師が哂ふ原因は、そこにあるのにちがひない。けれども同じ哂ふのにしても、鼻の長かつた昔とは、哂ふのにどことなく容子がちがふ。見慣れた長い鼻より見慣れない短い鼻の方が滑稽に見えると云へば、それまでである。が、そこに何かあるらしい。

——前にはあのやうにつけつけとは哂はなんだて。

內供は、誦しかけた經文をやめて、禿げ頭を傾けながら、時々かう呟く事があつた。愛すべき內供は、さう云ふ時になると、必ぼんやり、傍にかけた普賢の畫像を眺めながら、鼻の長かつた四五日前の事を憶ひ出して、「今はむげにいやしくなりさがれる人の、さかえたる昔をしのぶがごとく」ふさぎこんでしまふのである。——內供には、遺憾ながらこの問に答を与へる明が缺けてゐた。

——人間の心には互に矛盾した二つの感情がある。たとへば誰でも他人の不幸に同情しない者はない。所がその人がその不幸をどうにかして切りぬける事が出來ると、今度はこつちで何となく物足りないやうな心もちがする。少し誇張して云へば、もう一度その人を、同じ不幸に陥れて見たいやうな氣になる。さうして何時の間にか、消極的ではあるが或敵意をさへその人に對して抱くやうになる。…………內供が、理由を知らないながらも、何となく不快に思つたのは、池の尾の僧俗の態度に、この傍觀者の利己主義をそれとなく感づいたからに外ならない。

そこで内供は日毎に機嫌が惡くなつた。二言目には、誰でも意地[5]惡く叱りつける。しまひには鼻の療治をしたあの弟子の僧でさへ、「内供は法慳貪の罪を受けられるやうに」と陰口をきく程になつた。殊に内供を忿らせたのは、例の惡戯な中童子である。或日、けたたましく犬の吠える聲がするので、内供が何氣なく外へ出て見ると、中童子は、二尺ばかりの木の片(きれ)をふりまはして、毛の長い、痩せた尨犬(むくいぬ)を逐ひまはしてゐる。それも唯、逐ひまはしてゐるのではない。「鼻を打たれまい。それ、鼻を打たれまい」と嘲[6]しながら、逐ひまはしてゐるのである。内供は、中童子の手からその木の片をひつたくつて、したゝかその顏を打つた。木の片は以前の鼻持上(もた)げの木だつたのである。

5原「氣」字，據『芥川龍之介　第一卷』改正。
6原「嘶」字，據『芥川龍之介　第一卷』改正。

內供はなまじひに、鼻の短くなつたのが、反て恨めしくなつた。

すると或夜の事である。日が暮れてから急に風が出たと見えて、塔の風鐸の鳴る音が、うるさい程枕に通つて來た。その上、寒さもめつきり加はつたので、老年の內供は寢つくにも寢つかれない。そこで床の中でまじまじしてゐると、ふと鼻が何時になく、むづ痒いのに氣がついた。手をあてて見ると、少し水氣が來たやうにむくんでゐる。どうやらそこだけ熱さへもあるらしい。

——無理に短うしたで、病が起つたかも知れぬ。

內供は、佛前に香花を供へるやうな恭しい手つきで、鼻を抑へながら、かう呟いた。

翌朝、內供が何時ものやうに早く眼をさまして見ると、寺內の銀杏や橡が、一晚の中に葉を落したので、庭は黄金を敷いたやうに明い。塔の屋根には霜が下りてゐるせいであらう。まだうすい朝日に、九輪がまばゆく光つてゐる。禪智內供は、蔀を上げた椽に立つて、深く息をすひこんだ。

殆、忘れやうとしてゐた或感覺が、再、內供に歸つて來たのは、この時である。

內供は慌てゝ鼻へ手をやつた。手にさはるものは、昨夜の短い鼻ではない。上唇の上から顋の下まで、五六寸の長さにぶら下つてゐる、昔の鼻である。內供は鼻が一夜の中に元の通り長くなつたのを知つた。さうしてそれと同時に、鼻が短くなつた時と同じやうなはればれした心もちが、どこからともなく歸つて來るのを感じた。

――かうなればもう誰も哂ふものはないのにちがひない。

内供は心の中でかう自分に囁いた。長い鼻をあけ方の秋風にぶらつかせながら。（四年十二月）

禪智内供は、禪珍内供とも云はれてゐる、出所は今昔（宇治拾遺にもある）である、しかしこの小説の中にある事實がそのまゝ出てゐるわけではない

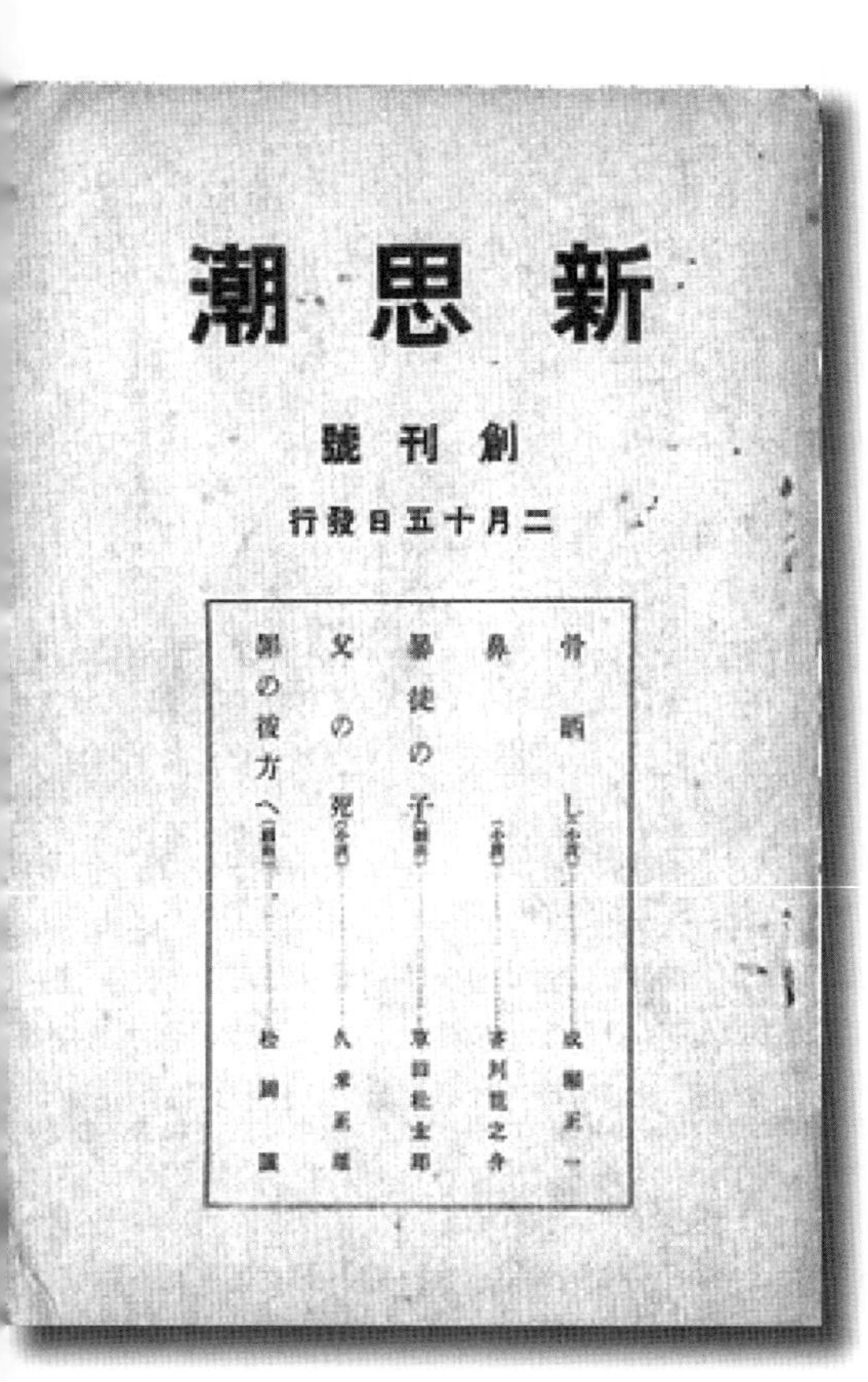

初出：「新思潮」（1916年2月）

鼻

芥川龍之助

談到禪智內供的鼻子，池尾當地無人不知曉。長度有五六寸，從上唇上方垂至顋下。形狀是鼻根和鼻尖一樣粗。打個比方，可謂一根香腸般細長的玩意兒，懸掛在面孔的正中央。

年逾半百的內供，打從沙彌時代一直到陞任禁中舉行佛事之內道場供奉僧要職的今日爲止，心底始終爲這根鼻子苦惱著。當然在表面上，即便目前他也裝出一派不大擔心的表情應付過去。這不僅由於他想到，身爲一位僧侶必須專心渴仰理當恭迎來世淨土，不宜爲鼻子操煩；事實毋寧是，他不喜歡別人察知自己老是爲鼻子操心。在日常談語之中，內供最惶懼的便是接觸到「鼻子」一語。

內供爲鼻子傷透腦筋，理由有二。——一是實際上，鼻子脩長有所不便。首先，用餐之際無法單獨進食。自行啖享，鼻尖便會頂到金屬碗所盛的飯粒。於是內供讓一名弟子端坐在食膳對面，吃飯過程中，用寬一寸長二尺的板子，把鼻子給撐高。但是，吃這麼一頓飯，對於撐板的弟子或被撐鼻的內供而言，都絕非容易之事。有一回，代替弟子執行任務的中童子因爲打了噴嚏而雙手爲之顫動，竟導致鼻子泡入飯粥中，這一則消息在當時，被極力宣傳到了京都。——然而，對於內供而言，這絕不是苦惱著鼻子的主要理由。內供實在是由於鼻子傷了自尊心而感到痛苦。

池尾町居民替鼻型獨特的禪智內供著想，幸虧內供並非俗人，因爲憑他那種鼻子，諒不會有女生願意成爲他的妻子。其中，還更有人批評道正由於那種鼻型所以才出家的吧！但是，內供自己並不覺得身爲一名僧侶就可以減少些許爲鼻子操煩的事情。內供的自尊心太過於敏感，不會爲妻子那種結果性的事實所左右。因此，內供決意朝積極、消極二方面，試圖恢復毀損的自尊心。

內供首先想到的是要讓這根脩長鼻子看起來比實際上來得短小的方法。趁眾人不在的時候，面對鏡子，調整各種角度照著臉，一邊全神貫注地尋找竅門。常常是光變換臉部位置尚未能安心，於是也曾經以手托腮或指頭扶頤，耐心十足地盯覗著鏡子瞧。但是截至目前爲止，鼻子未曾呈現出短得令自己也能滿意的程度。某些時候，越費工夫，卻感覺鼻子反而變得更加脩長了。此時，內供便會把鏡子收進筐筥，同時又再嘆一口氣，心不甘情不願地還歸原先的經机，重新捧讀『觀音經』。

然後，內供又不斷關注打量別人的鼻子。池尾寺是一座屢次舉辦僧俗講解經典的佛寺。寺內僧房櫛比鱗次，每天都有寺僧燒熱水供應公共澡堂。從而，在此地出入的僧俗之類也甚多。內供耐心物色著這般眾人的顏面。哪怕只要發現一個鼻子像自己的人，就能安心無虞了。所以，藏青色水干狩衣、白色帷子單衣都進不了內供眼際。何況柑子橘色帽子、椎樹皮染成的墨色法衣等，更由於司空見慣，因此即使有也等於無。內供，他不看人，唯獨打量鼻子。——不過，即便有鷹鉤鼻，卻尋覓不到內供那款鼻型。遍尋不得的挫折，一而再再而三地把內供的心壓得更加不悅。內供與別人談話時不經意會去捏看看懸垂的鼻尖，虧他一大把年紀還滿面通紅，怪只怪這種不悅的心情作祟。

最後，內供也曾經想從內典、外典之中找出鼻子與自己相同的人物，聊以自我安慰。然而，所有經文都未曾敘述到目蓮、舍利弗等人的鼻子脩長。當然，龍樹、馬鳴二位菩薩都具有普普通通的鼻子。內供向人打聽了震旦的傳聞，對方順便帶出蜀漢劉玄德的長耳掌故之際，內供竊思：假如那是鼻子，我會受到多大的鼓舞呀！

內供這樣消極地煞費苦心，另一方面又積極地嘗試縮短鼻子的方法，在此無庸贅言。內供在該方面，幾乎竭盡了全力。曾經煎過王瓜湯來喝。也曾收集鼠尿擦在鼻子上。但是不論如何努力，鼻子卻依然把五六寸長懸垂在嘴唇上。

意外的是某年秋天，兼帶著內供的事情而進京的弟子僧，從一位熟稔的醫生處學到了一套縮短長鼻的方法。那位醫生，原係由震旦遠渡而來的男子，當時擔任長樂寺的供奉僧。

內供一如往常，裝出一副毫不在乎鼻型的樣子，故意不提出也渴望著體驗該療法的請求。然後在另一方面用輕鬆的口吻道：每次用餐之際，都會偏勞弟子，實在過意不去。內心當然一直等待著弟子僧來說服自己試它一試。弟子僧也並非聽不懂內供的策略。但是，與其對他那一招反感，或許內供刻意採取那種策略的心情卻更強烈地驅動了弟子僧的同情心。弟子僧一如內供預期那般，開始力勸內供嘗試看看。然後，內供自己也一如所預期的那般，結果是聽從了這個熱心的勸告。

該療法極其簡單，只要把鼻子用熱水燙熟，然後讓別人踩踏即可。

佛寺公共澡堂，每天都有燒熱水。所以，弟子僧立刻從公共澡堂把滾燙地連手指也無法伸入的熱水汲進一口提壺。但是，直接把鼻子浸在提壺之中，只怕熱氣騰騰吹傷了臉部。於是，在木製方盤上打一個窟窿，然後蓋在提壺上方，鼻子就穿過窟窿浸入熱水之中。就那根鼻子，即使浸泡在熱水中也絲毫不會燙。未久，弟子僧稟報：

——應該已經到了燙熟的時候了吧。

內供不禁苦笑。因爲光聽該句話，任誰也不能想到原來的話題竟是鼻子。鼻子被滾燙的熱水蒸熟了，癢得就像跳蚤來叮咬。

內供從木製方盤的窟窿一把鼻子抽出來，弟子僧便開始用雙腳使勁踩起冒著熱氣的鼻子。內供側身橫躺，把鼻子攤在地板上，一邊瞧著弟子僧雙腳在眼前上下踩動。弟子僧有時露出一副過意不去的表情，俯視內供的禿頭，一邊問道：

——您不疼嗎？醫師囑咐要切切實實地踩！不過，您不疼嗎？

內供試圖搖頭，表示不疼之意。但是鼻子卻被踩住，導致頭搖得不到位。於是，眼珠朝上瞧著弟子僧皸裂的腳丫子，一邊以發怒般的聲調回答：

——告訴你不疼了啦！

實際上，鼻子被踩到癢處，與其說感到疼痛，反而接近爽歪歪。

踩踏了好一會兒，不久，小米粒般的東西就朝鼻子上開始長出來了。打個比方，像是把拔光羽毛的小鳥整雙拿來炙烤的裸形。弟子僧見狀，停下腳步自言自語般地說道：

——醫師叮嚀要用鑷子給拔出來。

內供看似不滿地噘著嘴，默默地任憑弟子僧擺布。當然，他並非不明白弟子僧的一番好意。儘管了然於心，但是自己鼻子被當作物品般處理，因此感到不悅。內供表情就像病患正要接受不可信賴的醫生來動手術，勉勉強強地注視著弟子僧用鑷子從鼻子毛孔鉗出油脂來。油脂形同鳥羽根部一般，拔出來長達四分。

過了不久，跑完此次流程之後，弟子僧才顯出歇了一口氣的神情道：

——再燙一遍，就好了。

內供依然眉頭擠出「八」字、一副不能屈服的表情，依弟子僧所言行事。

把燙過二遍的鼻子抽出來一看，果然迥異於往常，變得可短了。照這般形貌，與正常的鷹鉤鼻相差無幾。內供撫摸著縮短的鼻子，一邊看似尷尬而畏畏縮縮地窺視了弟子僧所提供的鏡子。

鼻子——那根懸垂至顋下的鼻子，幾乎如扯謊般地萎縮了，僅僅在嘴唇上方不爭氣地苟延著。到處浮現的紅斑，恐怕是被踩踏時留下的殘痕吧。如此一來，鐵定不會再有人來哂笑了。——內供鏡中的臉，朝內供鏡外的臉，心滿意足地頻頻眨眼。

但是，那一整天仍然忐忑，深怕鼻子會不會再度變長了。於是，內供不論誦經或用餐的時候，只要有空，便伸出手來，悄悄地觸摸一下鼻子。鼻子卻只有端端正正地坐鎮於嘴唇上方，並不太顯現出即將伸垂下來的態勢。然後睡了一晚，翌日早晨一睜開眼睛，內供首先就去撫摸看看自己的鼻子。鼻子依然短而不長。於是，內供就像累積了書寫『法華經』那件功德般，隔了多年來才又感到如此輕鬆愉快。

可是，二、三天過後，內供卻發見了令人意外的事實。剛好有事造訪池尾寺的侍從，露出一副比先前更可笑的表情，話也未能談妥便目不轉睛地鎖定內供鼻子瞧將過來。不僅如此，曾經陷內供鼻子於飯粥的中童子那傢伙，與內供在講堂外側擦身而過時，剛開始，尚可忍俊不笑，但是看起來終於憋不太住，噗嗤了出來。被吩咐工作的下法師們，面對面的當下，尚能慎重聽候差遣，內供一旦轉身，他們便開始竊笑，事情已經不止一兩次了。

內供起初解釋：這些笑料要歸咎於自己容顏的改變。但是，總覺得如此詮釋尚未能充分說明這一切。——當然，中童子、下法師等人哂笑的原因，必定在那一層。可是，同樣是哂笑，與鼻子脩長的那段往日時光相較之下，哂笑的樣子老覺得不大一樣。如果說，看不習慣

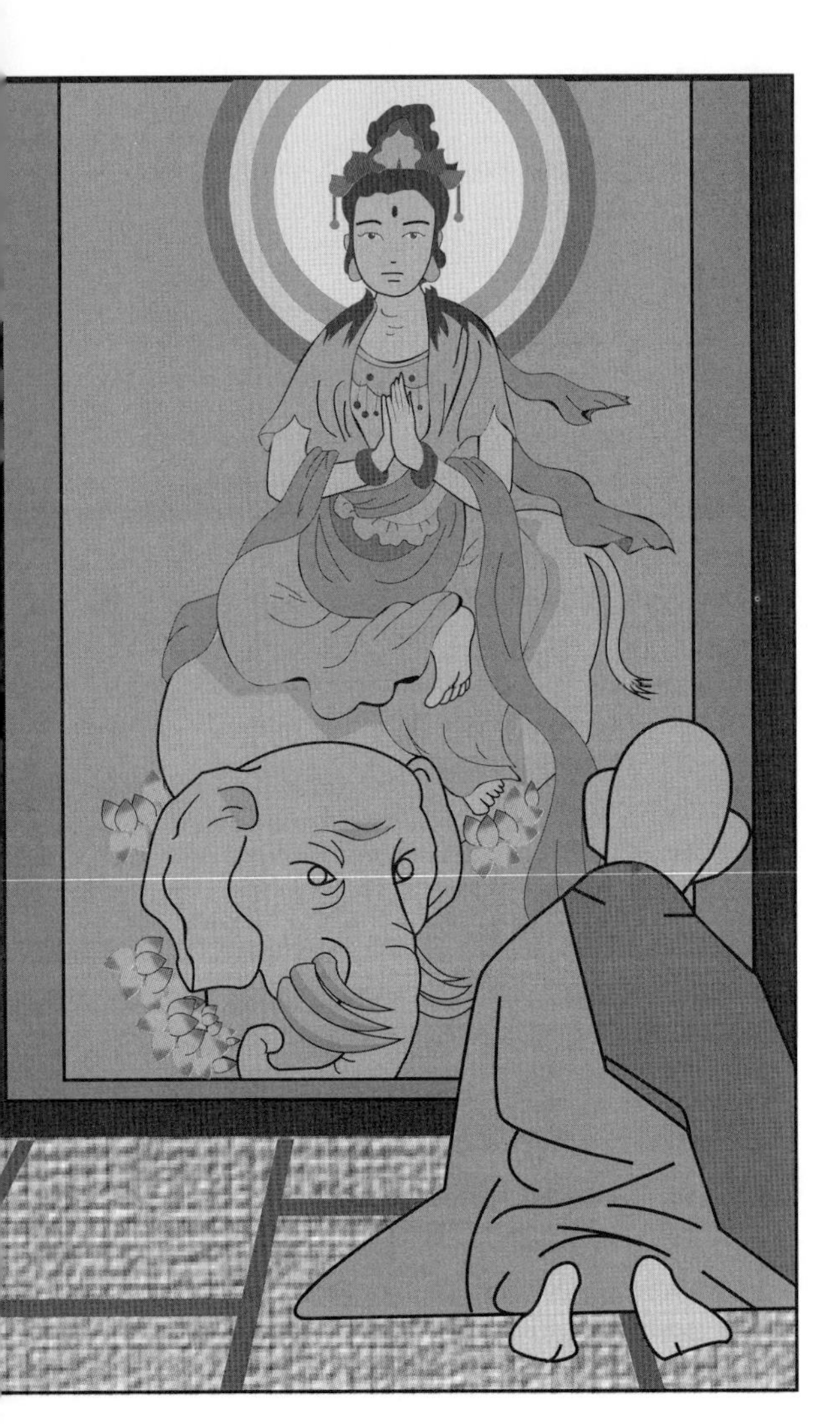

的短鼻要比見慣了的脩長鼻子顯得滑稽，那就算了。可是，似乎還有另一層原由。內供曾經打斷了誦到一半的經文，歪著禿頭，並不時喃喃自語：

——先前，並沒有哂笑地那麼不成體統呀！

可愛的內供，到了那樣的時候，必定呆呆地望著懸掛在旁邊的普賢畫像，憶起四、五天前鼻子脩長的往事，「帶衰今已沈淪者、緬懷昔日榮景般」鬱悶而不樂。——只可惜，內供缺乏回答問題的明智。

——人心有二種感情相互矛盾。例如，無論是誰對於別人的不幸莫不抱持惻隱之心。但是別人百般努力終於擺脫了不幸之際，這回輪到自己老覺得無法稱心如意。講得誇張一些，是期盼那位衰咖再度身陷相同的不幸之中。而不知不覺之間，儘管消極，卻開始對那位衰咖抱持敵意。……………內供雖然不知道箇中理由，但不由得不爽，原因不外乎從池尾僧、俗的態度之中隱隱約約感受到了此一傍觀者的利己主義。

於是乎，內供情緒日漸惡化。不論任何人，話說到第二句，便惡言飆罵。末了，甚至連治療鼻子有功的那位弟子僧，也在背地裡造出口業：「吝於傳授佛法的內供，祈求他遭受法慳貪之罪！」特別令內供積忿難平的是惡作劇的那廝中童子。某日，由於狗吠聲聲聲刺耳，內供無意間朝門外一看，原來中童子正揮舞著約二尺長的木板，追逐一隻瘠瘦的長卷毛狗。他不僅僅追著狗兒跑而已，還嘲弄牠「鼻子被打到的話就不妙囉！喂，鼻子被打到的話就不妙囉！」一邊展開追逐。內供從中童子手中奪下那片木板，狠狠地朝他臉部揍了一記。木板係以前用來撐鼻的那片板子。

內供本來大可不必理鼻子，硬把它給整短，卻反而帶來了悔恨。

於是，在某個夜裡。日暮之後，看得出來驟然刮起一陣陣風，佛塔風鐸的鳴聲干擾了就枕。再加上顯著的寒意，讓年老的內供睡也睡不著。於是在被褥之中張大了眼睛望著，突然感到鼻子一反常態地發起癢來。伸出手去摸看看，稍微帶些濕氣般地浮腫了起來。彷彿只有該部位發著燒似的。內供用那佛前供香花的恭敬手勢按住鼻子，自言自語：

——搞不好是硬把它整短，而惹出的一場病。

翌日侵晨，內供一如往常地起了個大早，醒來一瞧，寺內的銀杏、橡等在一夜之間抖落了樹葉，所以庭院正如同鋪設黃金般明亮。塔頂或許是降下了一層霜的緣故，朝陽光芒尚淺，佛塔尖上裝飾的九輪卻已刺目耀眼。禪智內供站在掀開了窗櫺護屏的簷廊，深深吸了一口氣。

就在此時，幾乎即將遺忘殆盡的某種感覺，再度回到了內供。

內供倉皇地用手觸了鼻子。摸到的是從上唇上方垂至顋下、長度有五六寸的昔日舊鼻，而不是昨兒個夜裡的短鼻。內供明白，鼻子在一夜之中恢復成原先的脩長。就在同時，鼻子整短之際感受到的爽朗心情，也不知從何處歸來了。

——如此一來鐵定再也不會有人哂笑了。

內供心中，對自己這般嘀咕。一邊讓長鼻在拂曉的秋風中晃蕩著。（四年十二月）

禪智內供，也有人稱之爲禪珍內供。出處係『今昔』（『宇治拾遺』亦有），不過，本篇小說中的事實並非全盤照搬。

初出：「新思潮」（1916年2月）

作者生平

芥川龍之介（あくたがわ－りゅうのすけ，1892-1927）東京人，其母生下龍之介不久即精神錯亂，其姨母又與其父新原敏三之間產下一子，因此，長輩決定讓龍之介改從其舅父芥川道章之姓。東京帝大英文學科畢業前，他已於「帝國文學」發表「羅生門」，與文友們共同創辦第四次「新思潮」時，繼而推出一篇「鼻」，尤其後者博得恩師夏目漱石來函表示激賞。1916年冬，獲聘爲橫須賀海軍機關學校英文教師，執教二年四個月之間，除完成婚事，並創作「地獄變」「蜘蛛の糸」等作品。1919年春，告別杏壇，進入大阪每日新聞社成爲專屬作家。1921年，曾至中國各地展開四個月旅程，其後出版『支那游記』。晚年，留下「對於我的將來總覺得有一種模糊的不安」的手記而吞藥自盡。由於他喜歡手繪河童，也有一篇諷刺小說「河童」，故其辭世之日被稱爲「河童忌」。其作品擅長於理智且技巧性地刻劃出人生現實，被視爲「新思潮派」代表人物。1935年，其文友菊池寬以芥川之名設立文學賞（芥川賞），以獎勵新進小說家。『芥川龍之介全集』（1995-98、東京：岩波書店）。

◎塩田良平（「芥川の歴史物について」（「国文学：解釈と教材の研究」1957年3月））

彼が歴史物において、人間心理の追求を通じて究極における人間への疑惑に達したことは、系統としては漱石の後をつぎ、歴史的題材への駆使や叙述形式については鷗外の後をつぐ。

◎吉田精一（「鼻（芥川龍之介）㈡隣接諸学を総合した新しいアプローチ」（「国文学解釈と鑑賞」1966年12月））

彼は俗人とちがつて世間的関心を超越しているはずである。容貌の美醜などはそのうちでももつとも世俗的なものであろう。だから彼は「鼻などは気にかけない」というふうをしている。しかし実は鼻に対しては極めて敏感で、日常の談話にも鼻ということばがで手くるのを恐れるほどである。それほどに強い感心事であるからこそ、それが彼の不幸の、また幸福の原因となつている。ふつうに考えると、肉体的な不幸は、慣れれば自然にある程度こだわりがとれるはずである。ことに学識ゆたかで、仏に仕えている身の高僧としては、なおさらだろう。しかしこの内供はそうでない。かれは卑俗な名誉心や虚栄心のもち主でありながら、悟りをひらいた高僧らしく見せかけようとするいやらしさがある。

◎吉田精一（「鼻（芥川龍之介）㈢」（「国文学解釈と鑑賞」1967年1月））

ゴオゴリの「鼻」も、芥川の「鼻」も、一種の「もとのもくあみ」物語に相違ない。ゴオゴリの方は、あつた鼻がなくなつて、またもとの正常の場所にもどる物語であり、芥川の方は、奇妙な形をした鼻が、一度はみじかく尋常になつたが、またもとの珍型にもどる筋である。両方とも筋のはこびは似ている。

◎三好行雄（「負け犬――「芋粥」の構造――」（『芥川龍之介論』（1976、東京：筑摩書房））所収

① 漱石に激賞されて文壇進出の機縁をつかんだ記念碑として有名だが、作品の出来栄えはさほどでもない。作意の底が意外にあさいし、〈傍観者のエゴイズム〉をいう作者の説明が、主題の奥行きを消した憾みもある。

② 内典外典のなかに長鼻の記録を求めたり、人知れず治療のてだてに腐心したりする前半の内供は、いわば偶像破壊のモチーフに沿って、冷笑の対象とされている。

◎平岡敏夫（「「鼻」小論」（「稿本近代文学」1979年7月））

もともと芥川には偶像破壊のモチーフなどなかったのではないか。たしかに鼻を気にする内供の自尊心と嘲笑する人々の「傍観者の利己主義」はかなり書きこまれている。ただ、そのことをもって直ちにそれらを主題とみてとるのは早急である。

◎清水康次（「「鼻」・「芋粥」論――「解釈」という方法にふれて」（『国語国文』1980年10月））

① 彼は不可解な哂いに直面し、その奥に「敵意」を感じとる。しかし、それが「傍観者の利己主義」からくるものであることを知らない。

② 作者の問は、哂うはずのない人々が哂うのは何故かという、事態に向けられた問であり、作者はそこに「傍観者の利己主義」を見出すことで、事態を矛盾なく説明していた。「鼻」において、作者はこの「解釈」という方法によって内供をとりまく

状況を顕在化させたのである。

◎笠井秋生（「「鼻」——漱石書簡の意味」（『芥川龍之介作品研究』（1993、東京：双文社）所収）

「鼻」の作者芥川龍之介が自分の作品に対する世評に神経質であったことはよく知られている。（略）周囲の人々の思惑に極端に神経質である自意識過剰な鼻長内供の姿は、作品の世評に神経質な芥川の戯画化された姿にほかならない。その意味で、内供にとっての鼻は、芥川にとっての小説であると言えるかもしれない。

◎漆原智良（『名作ってこんなに面白い』（1995、東京：ゆまに））

『鼻』の主人公禅智内供も、自分の長いソーセージのような鼻が大嫌い。周囲の好奇の眼にたえ切れず、短くしようと試みた。（略）人間の持つ自尊心の愚かさ、だがそれを捨て切ることができない悲しさ。芥川は軽妙な文体で人間の心理を描き切り、（略）漱石の絶賛の受けた。

◎ブレーデン バーナビー（「芥川龍之介「鼻」解釈論ノート」（「Comparatio」2001））

ありていにいえば、僧俗の笑いの最も瞭然たる解釈にはここまで一度も触れていない。それは、小説の中で、丁度「内供には、遺憾ながらこの問に答を与える明が欠けてゐた」という文章に続き、「人間の心には」で始まる節である。まるで「鼻」の書き手が内供の鈍さに耐え兼ねて、自分で手を加えてこの問に答を与えることにしたような印象を与える。

◎荒木正純（『芥川龍之介と腸詰め：「鼻」をめぐる明治・大正期のモノと性の文化誌』（2008、東京：悠書館）

① つまり、〈長い陰茎〉は抗しがたい〈強い性欲〉を暗示し、それを〈短くする〉とは、〈性欲〉の抑制、あるいは充足を意味している。

② 芥川は、内供の異形の〈鼻〉を「腸詰め」で表象した。とすれば、〈鼻〉と〈陰茎〉の関係をここから導き出しても不自然ではない。異形の〈鼻〉とは、抑制できない性欲のことかも知れない。

◎頼衍宏「芥川龍之介「鼻」材源論」（「台大日本語文研究」2014年12月））

①「鼻」の序盤の段階で内供が哂われるのは、一般の「俗」の場合は畸形の長鼻が粥に落ちたことに起因したと思われる。それに対して、池の尾の寺で『法華経』の講説を聞いた「俗」および五種法師の修行集団の目には、「禅智」高僧が外形の美醜に拘りすぎて、全然悟りの「智（慧）」もなく「禅（定）」の一心不乱も感じられないと映る。そのために哂われるべき対象となっていたのであった。

②中盤の段階では、短鼻にするための施術自体が滑稽ではある。しかし、長鼻が普通の短鼻に縮められたところで、よりひどく哂われるのは、決して「利己主義」のせいではないだろう。池の尾の寺における『法華経』の修行者の目には、内供が内心で不当な拘りをしているばかりでなく、弟子の施術を受けて、醜鼻の美化を敢行し、外面的にも歴然とした結果を残しているのが映っている。長から短への落差は、内供の悲願が実ったことの顕現に他ならない。その執着心の強烈さがつけつけと哂われるのは当たり前であろう。

③　答えが見つけられずに「傍にかけた普賢の画像を眺め」る禅智の行動の可笑しさも見逃せない。普賢菩薩勧発品第二十八の経文を確かめてみよう。

是人若行若立，読誦此経，我爾時乗六牙白象王，与大菩薩衆倶詣其所，而自現身，供養，守護，安慰其心，亦為供養『法華経』。

（略）「六牙表六度清浄」という説明を参照すると、六牙は六波羅蜜を象徴するものと見て取れる。騎乗用の象が持っている牙のうち、二つが禅波羅蜜と智波羅蜜なのである。主に普賢菩薩像を祭っているが、騎象像も必ず付随するものとして崇拝しているはずだから、象牙の二本によって象徴される修行の目標は、禅智の戒名と見事に矛盾撞着しているのではあるまいか。換言すれば、禅・智の二大波羅蜜を表看板にしつつも、禅智内供は波羅蜜に反した心理を働かせるにとどまらず、波羅蜜の根本理念を裏切って整形手術を受けている。禅智内供の背後にある波羅蜜の意味を吟味すればするほど、「これ、虚名でなくて何だろうか」という疑問が生じてくるはずである。そこまで思い至ると、彼を訪れた関係者は笑い転げざるをえないだろう。これこそ「鼻」という作品が生み出した最大の笑点だといえよう。

 問題與討論

一、「鼻」這部作品中，一般認爲它的是「笑料」何在？

二、關於主角人物最後是否開悟的問題，可否舉出具體理由，陳述你的觀點？

五、山月記

中島　敦

隴西の李徵は博學才穎、天寶の末年、若くして名を虎榜に連ね、ついで江南尉に補せられたが、性、狷介、自ら恃む所頗る厚く、賤吏に甘んずるを潔しとしなかつた。いくばくもなく官を退いた後は、故山、虢略に歸臥し、人と交を絶つて、ひたすら詩作に耽つた。下吏となつて長く膝を俗惡な大官の前に屈するよりは、詩家としての名を死後百年に遺さうとしたのである。しかし、文名は容易に揚らず、生活は日を逐うて苦しくなる。李徵は漸く焦躁に驅られて來た。この頃から其の容貌も峭刻となり、肉落ち骨秀で、眼光のみ徒らに烱々として、曾て進士に登第した頃の豐頰の美少年の俤は、何處に求めやうもない。數年の後、貧窮に堪へず、妻子の衣食のために遂に節を屈して、再び東へ赴き、一地方官吏の職を奉ずることになつた。一方、之は、己(をのれ)の詩業に半ば絶望したためでもある。曾ての同輩は既に遙か高位に進み、彼が昔、鈍物として齒牙にもかけなかつた其の連中の下命を拜さねばならぬことが、往年の秀才李徵の自尊心を如何に傷けたかは、想像に難くない。彼は怏々として樂しまず、狂悖(はい)の性は愈〻抑へ難くなつた。一年の後、公用で旅に出、汝水(ぢよすゐ)のほとりに宿つた時、遂に發狂した。或夜半、急に顏色を變へて寢床から起上ると、何か譯の分らぬことを叫びつつ其の儘下にとび下りて、闇の中へ駈出した。彼は二度と戻つて來なかつた。附近の山野を捜索しても、何の手掛りもない。その後李徵がどうなつたかを知る者は、誰もなかつた。

翌年、監察御史、陳郡の袁傪（えんさん）といふ者、勅命を奉じて嶺南に使し、途に商於（しやうを）の地に宿つた。次の朝未だ暗い中に出發しようとした所、驛吏が言ふことに、これから先の道に人喰虎が出る故、旅人は白晝でなければ、通れない。今はまだ朝が早いから、今少し待たれたが宜しいでせうと。袁傪は、しかし、供廻りの多勢なのを恃み、驛吏の言葉を斥けて、出發した。殘月の光をたよりに林中の草地を通つて行つた時、果して一匹の猛虎が叢の中から躍り出た。虎は、あはや袁傪に躍りかかるかと見えたが、忽ち身を飜して、元の叢に隱れた。叢の中から人間の聲で「あぶない所だつた」と繰返し呟くのが聞えた。其の聲に袁傪は聞き憶えがあつた。驚懼の中にも、彼は咄嗟に思ひあたつて、叫んだ。「其の聲は、我が友、李徵子ではないか？」袁傪は李徵と同年に進士の第に登り、友人の少かつた李徴にとつては、最も親しい友であつた。溫和な袁傪の性格が、峻峭な李徴の性情と衝突しなかつたためであらう。

叢の中からは、暫く返辭が無かつた。しのび泣きかと思はれる微かな聲が時々洩れるばかりである。ややあつて、低い聲が答へた。「如何にも自分は隴西の李徴である」と。

袁傪は恐怖を忘れ、馬から下りて叢に近づき、懷かしげに久濶を叙した。そして、何故叢から出て來ないのかと問うた。李徴の聲が答へて言ふ。自分は今や異類の身となつてゐる。どうして、おめ〳〵と故人の前にあさましい姿をさらせようか。且つ又、自分が姿を現せば、必ず君に畏怖嫌厭の情を起させるに決つてゐるからだ。しかし、今、圖らずも故人に遇ふことを得て、愧赧の念をも忘れる程に懷かしい。どうか、ほんの暫くでいいから、我が醜惡な今の外形を厭はず、曾て君の友李徵であつた此の自分と話を交して呉れないだらうか。

後で考へれば不思議だつたが、其の時、袁傪は、この超自然の怪異を、實に素直に受容れて、少しも怪まうとしなかつた。彼は部下に命じて行列の進行を停め、自分は叢の傍に立つて、見えざる聲と對談した。都の噂、舊友の消息、袁傪が現在の地位、それに對する李徵の祝辭。青年時代に親しかつた者同志の、あの隔てのない語調で、それ等が語られた後、袁傪は、李徵がどうして今の身となるに至つたかを訊ねた。草中の聲は次のやうに語つた。

今から一年程前、自分が旅に出て汝水のほとりに泊つた夜のこと、一睡してから、ふと眼を覺ますと、戸外で誰かが我が名を呼んでゐる。聲に應じて外へ出て見ると、聲は闇の中から頻りに自分を招く。覺えず、自分は聲を追うて走り出した。無我夢中で駈けて行く中に、何時しか途は山林に入り、しかも、知らぬ間に自分は左右の手で地を攫(つか)んで走つてゐた。何か身體中に力が充ち滿ちたやうな感じで、輕々と岩石を跳(と)び越えて行つた。氣が付くと、手先や肱のあたりに毛を生じてゐるらしい。少し明るくなつてから、谷川に臨んで姿を映して見ると、既に虎となつてゐた。自分は初め眼を信じなかつた。次に、之は夢に違ひないと考へた。夢の中で、之は夢だぞと知つてゐるやうな夢を、自分はそれ迄に見たことがあつたから。どうしても夢でないと悟らねばならなかつた時、自分は茫然とした。さうして、懼れた。全く、どんな事でも起り得るのだと思うて、深く懼れた。しかし、何故こんな事になつたのだらう。分らぬ。全く何事も我々には判らぬ。理由も分らずに押付けられたものを大人しく受取つて、理由も分らずに生きて行くのが、我々生きもののさだめだ。自分は直ぐに死を想うた。しかし、其の時、眼の前を一匹の兎が駈け過ぎるのを見た途端に、自分の中の人間は忽ち姿を消した。再び自分の中の人間が目を覺ました時、自分の口は兎の血に塗れ、あたりには兎の毛が散らばつてゐた。之が虎としての最初の經驗であつた。それ以來今迄にどんな所行をし續けて來たか、それは到底語るに忍びない。ただ、一日の中に必ず數時間は、人間の心が還つて來る。さういふ時には、曾ての日と同じく、人語も操れれば、複雑な思考にも堪へ得るし、經書の章句をも誦ずることが出來る。その人間の心で、虎としての己の殘虐な行のあとを見、己の運命をふりかへる時が、最も情なく、恐しく、憤ろしい。しかし、その、人間にかへる數時間も、日を經るに從つて次第に短くなつて行く。今迄は、どうして虎などになつたかと怪しんでゐたのに、此の間ひよいと氣が付いて見たら、己はどうして以前、人間だつたのかと考へてゐた。之は恐しいことだ。今少し經てば[1]、己の中の人間の心は、獸としての習慣の中にすつかり埋れて消えて了ふだらう。恰度、古い宮殿の礎が次第に土砂に埋沒するやうに。さうすれば、しまひに己は自分の過去を忘れ果て、一匹の虎として狂ひ廻り、今日の樣に途で君と出會つても故人と認めることなく、君を裂き喰うて何の悔も感じないだらう。一體、獸でも人間でも、もとは何か他のものだつたんだらう。初めはそれを憶えてゐたが、次第に忘れて了ひ、初めから今の形のものだつたと思ひ込んでゐるのではないか？　いや、そんな事はどうでもいい。己の中の人間の心がすつかり消えて了へば、恐らく、その方が、己はしあはせになれるだらう。だのに、己の中の人間は、その事を、此の上なく恐しく感じてゐるのだ。ああ、全く、どんなに、恐しく、哀しく、切なく思つてゐるだらう！　己が人間だつた記憶のなくなることを。この氣持は誰にも分らない。誰にも分らない。己と同じ身の上に成つた者でなければ。所で、さうだ。己がすつかり人間でなくなつて了ふ前に、一つ頼んで置き度いことがある。

1 原清音，據中島敦「中島敦全集 1」（2001、東京：筑摩書房）改爲濁音。

袁傪はじめ一行は、息をのんで、叢中の聲の語る不思議に聞入つてゐた。聲は續けて言ふ。

他でもない。自分は元來詩人として名を成す積りでゐた。しかも、業未だ成らざるに、この運命に立至つた。曾て作る所の詩數百篇、固より、まだ世に行はれてをらぬ。遺稿の所在も最早判らなくなつてゐよう。所で、その中、今も尙記誦せるものが數十ある。之を我が爲に傳錄して戴き度いのだ。何も、之に仍つて一人前の詩人面(づら)をしたいのではない。作の巧拙は知らず、とにかく、產を破り心を狂はせて迄自分が生涯それに執著した所のものを、一部なりとも後代に傳へないでは、死んでも死に切れないのだ。

袁傪は部下に命じ、筆を執つて叢中の聲に隨つて書きとらせた。李徵の聲は叢の中から朗々と響いた。長短凡そ三十篇、格調高雅、意趣卓逸、一讀して作者の才の非凡を思はせるものばかりである。しかし、袁傪は感嘆しながらも漠然と次の様に感じてゐた。成程、作者の素質が第一流に屬するものであることは疑ひない。しかし、この儘では、第一流の作品となるのには、何處か（非常に微妙な點に於て）缺ける所があるのではないか、と。

舊詩を吐き終つた李徴の聲は、突然調子を變へ、自らを嘲るが如くに言つた。羞しいことだが、今でも、こんなあさましい身と成り果てた今でも、己は、己の詩集が長安風流人士の机の上に置かれてゐる樣を、夢に見ることがあるのだ。岩窟の中に橫たはつて見る夢にだよ。嗤つて呉れ。詩人に成りそこなつて虎になつた哀れな男を。

（袁傪は昔の青年李徵の自嘲癖を思出しながら、哀しく聞いてゐた。）さうだ。お笑ひ草ついでに、今の懷(おもひ)を卽席の詩に述べて見ようか。この虎の中に、まだ、曾ての李徵が生きてゐるしるしに。

袁傪は又下吏に命じて之を書きとらせた。その詩に言ふ。

偶因狂疾成殊類　災患相仍不可逃
今日爪牙誰敢敵　當時聲跡共相高
我爲異物蓬茅下　君已乘軺氣勢豪
此夕溪山對明月　不成長嘯但成嗥[1]

時に、殘月、光冷やかに、白露は地に滋く、樹間を渡る冷風は既に曉の近きを告げてゐた。人々は最早、事の奇異を忘れ、肅然として、この詩人の薄倖を嘆じた。李徵の聲は再び續ける。

何故こんな運命になつたか判らぬと、先刻は言つたが、しかし、考へやうに依れば、思ひ當ることが全然ないでもない。人間であつた時、己は努めて人との交を避けた。人々は己を倨傲だ、尊大だといつた。實は、それが殆ど羞恥心に近いものであることを、人々は知らなかつた。勿論、曾ての郷黨の鬼才といはれた[2]自分に、自尊心が無かつたとは云はない。しかし、それは臆病な自尊心とでもいふべきものであつた。己（をれ）は

1原「皥」字，據中島敦「手入切抜」改正。

2原「秀才だつた」字，據中島敦「手入切抜」改正。

詩によつて名を成さうと思ひながら、進んで師に就いたり、求めて[3]詩友と交つて切磋琢磨に努めたりすることをしなかつた。かといつて、又、己は俗物の間に伍することも潔しとしなかつた。共に、我が臆病な自尊心と、尊大な羞恥心との所爲である。己の珠に非ざることを惧れるが故に、敢て刻苦して磨かうともせず、又、己の珠なるべきを半ば信ずるが故に、碌々として瓦に伍することも出來なかつた。己は次第に世と離れ、人と遠ざかり、憤悶と慙恚とによつて益〻己の内なる臆病な自尊心を飼ひふとらせる結果になつた。人間は誰でも猛獸使であり、その猛獸に當るのが、各人の性情だといふ。己の場合、この尊大な羞恥心が猛獸だつた。虎だつたのだ。之が己を損ひ、妻子を苦しめ、友人を傷つけ、果ては、己の外形を斯くの如く、内心にふさはしいものに變へて了つたのだ。今思へば、全く、己は、己の有つてゐた僅かばかりの才能を空費して了つた譯だ。人生は何事をも爲さぬには餘りに長いが、何事かを爲すには餘りに短いなどと口先ばかりの警句を弄しながら、事實は、才能の不足を暴露するかも知れないとの卑怯な危惧と、刻苦を厭ふ怠惰とが己の凡てだつたのだ。己よりも遙かに乏しい才能でありながら、それを專一に磨いたがために、堂々たる詩家となつた者が幾らでもゐるのだ。虎と成り果てた今、己は漸くそれに氣が付いた。それを思ふと、己は今も胸を灼かれるやうな悔を感じる。[4]己には最早人間としての生活は出來ない。たとへ、今、己が頭の中

3原「た」字，據中島敦「手入切抜」改正。

4原逗點，據中島敦「手入切抜」改正。

で、どんな優れた詩を作つたにした所で、どういふ手段で發表できよう。まして、己(おれ)の頭は日毎に虎に近づいて行く。どうすればいいのだ。己の空費された過去は？　己は堪らなくなる。さういふ時、己は、向うの山の頂の巖に上り、空谷に向つて吼える。この胸を灼く悲しみを誰かに訴へたいのだ。己は昨夕も、彼處で月に向つて咆えた。誰かに此の苦しみが分つて貰へないかと。しかし、獸どもは己の聲を聞いて、唯、懼れ、ひれ伏すばかり。山も樹も月も露も、一匹の虎が怒り狂つて、哮(たけ)つてゐるとしか考へない。天に躍り地に伏して嘆いても、誰一人己の氣持を分つて呉れる者はない。恰度、人間だつた頃、己の傷つき易い内心を誰も理解して呉れなかつたやうに。己の毛皮の濡れたのは、夜露のためばかりではない。

漸く四邊（あたり）の暗さが薄らいで來た。木の間を傳つて、何處からか、曉角が哀しげに響き始めた。

最早、別れを告げねばならぬ。醉はねばならぬ時が、（虎に還らねばならぬ時が）近づいたから、と、李徴の聲が言つた。だが、お別れする前にもう一つ頼みがある。それは我が妻子のことだ。彼等は未だ虢略（くわく）にゐる。固より、己の運命に就いては知る筈がない。君が南から歸つたら、己は既に死んだと彼等に告げて貰へないだらうか。決して今日のことだけは明かさないで欲しい。厚かましいお願だが、彼等の孤弱を憐れんで、今後とも道塗（だうと）に飢凍（きとう）することのないやうにはからつて戴けるならば、自分にとつて、恩倖（かう）、之に過ぎたるは莫（な）い。

言終つて、叢中から慟哭の聲が聞えた。袁も亦涙を泛べ、欣んで李徵の意に副ひ度い旨を答へた。李徵の聲は併し忽ち又先刻の自嘲的な調子に戻つて、言つた。

本當は、先づ、此の事の方を先にお願ひすべきだつたのだ、己が人間だつたなら。飢ゑ凍えようとする妻子のことよりも、己の乏しい詩業の方を氣にかけてゐる様な男だから、こんな獸に身を墮すのだ。

さうして、附加へて言ふことに、袁傪が嶺南からの歸途には決して此の途を通らないで欲しい、其の時には自分が醉つてゐて故人を認めずに襲ひかかるかも知れないから。又、今別れてから、前方百歩の所にある、あの丘に上つたら、此方を振りかへつて見て貰ひ度い。自分は今の姿をもう一度お目に掛けよう。勇に誇らうとしてではない。我が醜惡な姿を示して、以て、再び此處を過ぎて自分に會はうとの氣持を君に起させない爲であると。

袁傪は叢に向つて、懇ろに別れの言葉を述べ、馬に上つた。叢の中からは、又、堪へ得ざるが如き悲泣の聲が洩れた。袁傪も幾度か叢を振返りながら、涙の中に出發した。

一行が丘の上についた時、彼等は、言はれた通りに振返つて、先程の林間の草地を眺めた。忽ち、一匹の虎が草の茂みから道の上に躍り出たのを彼等は見た。虎は、既に白く光を失つた月を仰いで、二聲三聲咆哮したかと思ふと、又、元の叢に躍り入つて、再び其の姿を見なかつた。

初出：「文學界」（1942年2月）

山月記

中島　敦

隴西李徵，博學才穎，天寶末年，年紀輕輕便名列於虎榜，隨後補任爲江南尉，其性狷介，自恃頗高，不屑於甘願去作一名賤吏。不久，挂冠辭官之後，歸臥故鄉虢略，斷絕交遊，一意沉湎於寫詩。心想，與其擔任下吏長期卑躬屈膝在庸俗惡劣的大官之前，不如以詩家之名流芳於歿後百年。但是，揚名文壇並不容易，生活逐日困苦。李徵漸漸受到焦躁感所驅使，從此以後，容貌開始變得峭刻、形銷骨立，只剩目光徒然炯炯有神，曾經榮登進士第時期那豐頰美少年的臉龐，已經無處可尋。數年之後，他不堪貧窮，爲了妻子衣食著想終於決定屈節，再度到東方出任地方官吏，重奉公職。另一方面，事情演變至此也有一半起因於他對自己詩業已經有所絕望。往日同儕既然已晉昇至遙遙高位，對於曩昔那些根本不足掛齒的蠢材，竟然必須遵從其吩咐，不難想像此事會如何刺傷著往年秀才李徵的自尊心。怏怏不悅的他，狂悖的個性愈發難以壓抑。一年後，因公出差，借宿於汝水河畔的旅次時，終於發了狂。某日夜半，突然間臉色驟變，從臥榻上起身，吶喊著一些莫名其妙的話語、一邊順勢飛躍而下，衝入了黑夜之中。他不再返回原處。派人去搜索附近山野，也茫無頭緒。此後，李徵的下落，已無人能知曉。

翌年，監察御史、籍貫陳郡的袁傪這號人物，欽奉敕命出使嶺南，途中夜宿商於之地。次日清晨天色尚暗便急著出發，驛吏勸阻道：「前方路上由於食人虎出沒，因此，若非白晝，旅人未敢通行。目前時辰還早，且止步稍候爲宜！」但，袁傪仗恃隨從人員眾多，於是擯斥了驛吏的意見，立刻啓程了。憑借殘月之光行經林中草地時，果然有一隻猛虎由叢中躍出！老虎差一點就

猛撲到袁傪身上，忽然翻了個角度，把身體隱藏在原先的草叢。從中傳來人類的聲音，反覆喃喃吶吶著「好險！」那是袁傪耳熟能詳的聲音。雖然驚魂未定，他在刹那間憶起而叫喊：「其聲，莫非吾友、李徵子乎？」袁傪與李徵同年齊登進士第，對於朋友稀少的李徵而言，袁傪乃是最親密的友人。或許因爲袁傪溫和的性格與李徵峻峭的性情不起衝突的緣故吧！

叢中，暫時無人回話。只有時而發出聽起來像是暗暗飲泣的微弱聲音而已。過了一會兒，低沉的嗓音回答：「諾，在下是隴西李徵！」袁傪忘掉了恐怖，下馬挨近草叢，帶著懷念的神情暢敘離衷。然後，問道何故不從叢中出來？李徵之聲回答，目前在下已經身爲異類，怎能厚著臉皮在故人面前露出可憐相而出糗？而且，假如在下一旦現身，必然將會引起你畏懼厭棄之情。但是，今日不圖得以遇見故人，份外懷念而幾乎忘卻了該羞赧慚愧之心。即使片刻也行，莫要嫌棄我如今醜惡的外形，請與曾經爲友的在下李徵交談一下好嗎？

後來稽考覺得不可思議，但事發當時，袁傪卻非常順從地接受了此一超自然的怪異現象，絲毫不以爲怪。他命令部下停止隊伍的行進，自個兒站在草叢傍邊，與看不見的聲音展開對談。京師的流言、舊友的消息、袁傪當今的地位、以及李徵對他的祝賀之詞。青年時代雙方關係親密的二人，以其無所睽闊的語調，談完那些話題之後，袁傪訊問李徵爲何會變成如今的獸身？草中的聲音開始娓娓道出始末。

距今約莫一年前、在下行旅至汝水河畔借宿當晚，小睡一會兒之後，突然間醒來，戶外有某人正在呼喚著我的名字。應聲出門一看，聲音從黑夜之中頻頻向在下招喚。在下不由得，追起了聲音開始奔跑。不顧一切地疾馳而去，不知何時起已經闖入山林，並且，在下左右雙手曾幾何時已經攫地而奔馳著了！總感到整個身體充滿了一股力量，輕輕地便跳越過了岩石。意識到的時候，手指尖、胳臂周圍似乎都已經毛茸茸了。等到天色稍亮，臨溪澗映照身形一看，竟然已經化成了一隻老虎。剛開始，在下不相信。接著，認爲這鐵定是一場夢！何以見得？在下先前曾經作過一場睡夢中知道分明是夢的夢。但是，必須覺悟到它無論如何都並非夢境之際，在下茫然了。隨後，感到恐懼。想到眞的是任何事情皆有可能發生，而慄慄生懼。但是，爲何事情演變至此？不懂。實在無論任何事情，我們都不能判斷。不明就裡地被別人強行加諸在身上，我們卻乖乖地接受，不明就裡地活下去，正是咱們生物的命運！在下立刻想到了死。但是，當時，撞見了一隻兔子即將跳脫眼前的剎那，在下心中的人性忽然泯沒了。在下心中的人性再度覺醒之時，在下嘴邊沾滿了兔血，週遭到處都是兔毛。這是身為老虎最初的經驗。從此以後迄今，究竟接連幹出何種行徑，無論如何也不忍依序托出。只不過，一日之中必然有數小時會回歸人類之心。在那樣的時間裡，與往日無異，能操人語，既經得住複雜的思考，也能夠背誦經書的章句。以人類之心，逼視身為老虎的自己所遂行的暴虐，回顧自己的命運時，最是殘酷、可怕、憤慨！但是，那返回人類的那數個時辰也隨著日子經過而逐漸變短。迄今為止，一直都在疑怪著到底為何變成了老虎，最近卻忽然回過神來，竟在思考著自己從前何以身為人類的問題。此事真可怖。再經過一些時日，自己心中的人性將會埋沒於獸類的習慣之中而消失殆盡吧！正如同古老宮殿的礎石逐次遭到砂土埋沒般。如此一來，最終自己將會徹底忘記在下的過去，身為一隻老虎而來回發狂，如同今日這般，途中遇到你這位故人也認不出來，把你生吞活剝卻絲毫感受不到任何悔意吧！其實，不論獸類抑或人類，原先都是某種其它的東西吧！剛開始還有記憶，慢慢地忘得一乾二淨，繼而一心認定起初便是現今的形態，難道不是嗎？　不，那種事無關緊要。自己心中的人性徹徹底底消失不見的話，恐怕，那個樣子，自己才能獲致幸福吧！可是，自己心中的人性最感到無限恐懼的也正是該事。啊，自己曾經身爲人的記憶一旦完全喪失，眞是何其恐怖、可悲、難過！　這種心情誰都不懂，若不是境遇與自己相同，任誰也都無法瞭解。對了，想到了！自己完全喪失人性之前，有一件事欲托付於你。

袁傪一行人屏氣斂息，專心諦聽叢中傳來不可思議的話語。聲音繼續道出。

不爲別的。在下原本打算當一位詩人揚名立萬。志業尚未成功，卻遭逢了這層命運。曾經創作的數百詩篇，當然，尚未行之於世。遺稿也早就不知所在。對了，其中，至今尚能記誦的作品有數十篇。想託您傳錄下來。並非藉此想要裝出一副夠格詩人的面孔。不知作品是巧或拙，總之，不惜令在下破產、發狂，執著一生的東西，即使一部分也行，如果不能流傳至後代，死也無法甘心瞑目。

袁傪吩咐部下執起筆，隨著叢中聲音抄寫下來。李徵之聲從叢中朗朗響起。長短凡三十篇，格調高雅、意趣卓逸，一讀之下直令人感到作者才華非凡。但是，袁傪儘管喟嘆，卻也隱隱地感覺到一點：誠然，作者的素質自屬第一流無疑。不過，按照目前這個樣子，要成爲第一流的作品，似乎有某個地方（在非常微妙之處）缺少了一些什麼。

傾吐完舊詩的李徵之聲，突然改變語調，如自嘲般訴說。很慚愧，即使現在，完全落魄成了可憐相的現在，自己仍然會夢到自個兒的詩集置於長安風流人士的案頭上。那在岩窟之中躺臥，所浮現出那夢境的場景呀！嗤笑我吧！成不了一名詩人卻成了一隻老虎的可憐男子。（袁傪一面憶起昔日青年李徵的自嘲癖，同時悲哀地聽著。）對了，笑料提供完畢順便再把目前的心思口述成一首即席詩看看吧！爲了證明昔日的李徵尚存活於這隻老虎之中。

袁傪又吩咐屬吏抄錄下來。其詩曰：

偶因狂疾成殊類　災患相仍不可逃
今日爪牙誰敢敵　當時聲跡共相高
我爲異物蓬茅下　君已乘軺氣勢豪
此夕溪山對明月　不成長嘯但成嗥

此時，殘月光冷，白露滋地，掠過樹間的冷風已經遍告了拂曉將近。人們早已忘記了事情的奇異，肅然感嘆了這位詩人的不幸。李徵之聲再度賡續。

適才提到，不能判明爲何遭逢這般命運？但是，換個角度想，也並非全然猜想不到。當身為人類的時候，自己努力避免與人打交道。人們說自己倨傲、自大。其實，人們並不知道那是幾近於羞恥心的東西。當然，曾經被稱為鄉黨鬼才的在下，不能說不具有自尊心，但是，那可以算是一種儒弱膽小的自尊心！自己盤算著要靠詩揚名於世，卻未自願去拜師學習、或主動去嗚求詩友努力於切磋琢磨。話雖如此，自己又不屑於與俗物為伍。這些都得歸咎於我膽小的自尊心和自大的羞恥心。懼怕著自己並非一顆明珠，因此不敢刻苦刮垢磨光，又半信著自己應該是一顆明珠的料，因此不能與庸庸碌碌的瓦片為伍。自己逐漸遠離人世，憤悶與慚恚作祟的結果，更加飼肥了自己內在膽小的自尊心。據說無論任何人，大家都是馴獸師，那隻猛獸就相當於每個人的性情。自己的狀況，這個膽小的自尊心正是猛獸！原來正是一隻老虎！它損了自己、苦了妻子、傷了友人，末了，把自己的外形變成如此、與內心相稱的樣貌。現在回想起來，簡直是自己枉費了自身擁有的一丁點小才華！人生不作任何事則嫌太長，要有所作為的話又嫌太短，儘管賣弄著光說不練的警語，事實上，自己的一切只有生怕自暴才幹不足那種卑怯的危懼以及厭惡刻苦的怠惰而已！遠遠不如自己的那些缺乏才能者，卻能專心一意接受磨練，最後成為堂堂詩家的實例所在多有。淪落成一隻老虎的如今，自己才逐漸體認到。一思及此，自己現在也感到胸口燒灼般的悔意。自己早已經無法去過人類的生活了。縱使，如今，自己腦袋中，創作的漢詩無論多麼出色，又能透過何種手段去發表呢？更何況，自己的頭腦一天天接近老虎。該怎麼辦，自己白白浪費的那些日子？自己受不了了。那時候，自己會登臨對面山巔巖石上，朝向空寂的深谷哮吼。只想把這灼胸的悲傷向某人傾訴。自己昨日傍晚也在彼處向月兒咆哮。心想，可否有人能瞭解這份苦楚。但是，獸輩們聽到自己的聲音，只有畏懼、叩拜的份兒。山、樹、月、露，也都以爲一隻老虎在大發雷霆，兀自狂哮著。躍天伏地而自嗟自嘆，也沒有一個人能了解自己的心情。正如同尚爲人身時，沒有任何人能明白自己容易受傷的內心那般。自己的毛皮之所以濡溼，並不僅僅因爲夜露而已。

四邊的昏暗漸漸地減退了。穿過樹枝間，不知從何處開始哀切地傳來了曉角的聲響。已經，不得不告辭了。不得不狂醉的時刻（變身回老虎的時刻）已經迫近了，李徵之聲說道。然而，臨別之前，尚有一事相託。那是我的妻小，他們還待在虢略。固然，不可能知道自己的命運。你從南方歸來的回程，能否告訴他們自己已經死亡了！今日之事，希望你務必守口如瓶。醜顏奉托，請恤孤憐弱，從今而後讓他們別再飢凍交切於道塗，則對在下而言，恩幸莫過於此。

語畢，叢中傳來了慟哭之聲。袁傪也目眶泛淚，回覆了願意欣然配合辦理、讓李徵得償所願。不過，李徵之聲又恢復方才自嘲的的語氣，說道。

本來，假如自己還是個人的話，這件事應該先奉托於你。不去關心瀕臨啼飢號寒的妻子，卻先來介意自己乏善可陳的詩業，因爲是這樣的人，才會墮入這般獸身！

然後，又附帶提到。希望袁傪從嶺南歸來的途中，千萬別再行經此條道路。因爲屆時，在下已經狂醉到認不得故人也未可知。又，現今訣別之後，想麻煩你登上前方百步之遙的那座山丘，再迴首顧盼此方。再讓你飽覽一遍在下如今的姿形吧！並非自誇勇猛，而是爲了展現我醜惡的外觀，藉以讓你打消再度行經此處來與在下相會的念頭。

袁傪朝向草叢，慇慇懃懃地話別，然後上馬。強忍不住的悲泣之聲又從叢中洩了出來。袁傪也多次回首望了草叢，一邊噙著淚水出發了。

一行人登上山丘時，他們依言轉過頭來，眺望了適纔的林間草地。驀忽，他們見到了一

隻老虎由茂草處躍出了道上。老虎仰視了已經翻白失光的月亮，剛一咆哮二、三聲，就又躍入了原先的草叢，再也不見其蹤影了。

初出：「文學界」（1942年2月）

作者生平

中島敦（なかじま・あつし，1909-42）小說家。生於東京的漢學書香門第，由於其父親教職轉調至朝鮮，因此，敦的小、中學教育皆完成於京城。1926年，返回日本內地就讀第一高等學校，1933年，畢業於東京帝國大學國文科。歷任橫濱高等女學校教師、帛琉南洋廳國語編修書記等職。1942年，陸續發表「古譚」（「山月記」、「文字禍」）、聚焦於英國作家史蒂文生在薩摩亞生活的小說「光と風と夢」、取材自中國古典的歷史小說「名人伝」等作品，其中，「光と風と夢」更入圍1942年上半期芥川賞，同年底死於哮喘。1944年，已被中村光夫譽爲「現代的小芥川」。『中島敦全集』（2001-02、東京：筑摩書房）。

集體評論

◎野村喬（「山月記〈中島敦〉作品の構造の分析」（「国文学 解釈と教材の研究」1968年7月））

卑怯な危惧や刻苦を厭う怠惰のために、よし、堂々たる詩家となり得なかったにせよ、発表の手段を喪失した虎になってこそ、はじめて優れた詩の作者となったのではなかったか。

◎分銅惇作（「『山月記』 教材の扱い方と実践授業の展開」（宮崎健三（編著）『小説の教え方』（1968、東京：右文書院））

叙述に即して、虎と化した主人公の嘆きや悲しみに託して作者が訴えようとしている問題意識として、

(1) 人間存在の不条理性
(2) おくびょうな自尊心と尊大な羞恥心とにわざわいされる自我意識の悲劇
(3) 詩と愛をめぐって苦悩する芸術家の生き方などの諸点

を読み取らせて、話し合いを進めることになる。

◎木村一信（「「山月記」論」（「日本文学」1975年4月））

「臆病」と「自尊心」、「尊大」と「羞恥心」とは、一見して明らかなごとく相対する言葉といえる。この逆説的表現が一組の名辞を形成し、二つながら並存されているところに李徴のひき裂かれている自我を如実に窺うことができるだろう。

◎古屋健三（「中島敦――肉体の喪失」（「ユリイカ」1977年9月））

二流の詩人が人喰虎だなんて、すこし詩人を買いかぶり過ぎてはいないか。詩人にふさわしいイメージといえば、せいぜいげじげじとか、むかでとか、くもとか、間違っても愛されることのない下等な虫どもではないか。それを虎などという高貴な動物をもち出してくるのは、まだ己を大事にしすぎている証拠ではないか。

◎前田角藏（「自我幻想の裁き――「山月記」論」（「国語と国文学」1993年10月））

どうやら、自信に溢れた〈傲慢な自尊心〉の所有者＝李徴、〈自尊〉と〈羞恥〉、

〈臆病〉と〈尊大〉の間を揺れ動くことで確たる自己を定立することの出来ない浮遊する人間＝李徴、自己否定的な過剰な自意識を抱え込む〈自嘲癖〉者＝李徴という三つの李徴像が、このテクストから提出されている。言うまでもなく、〈傲慢な自尊心〉＝李徴は、一般に流布されている李徴像であり、〈自尊〉と〈羞恥〉の間を揺れ動く性情＝李徴は、李徴自らがその〈語り〉を通して、半ば強いられた形で捉えた自己像であり、最後の〈自嘲癖〉＝李徴は、袁傪の捉えた李徴像であった。

◎栗坪良樹（「子供たちは狂気を生きのびられるか：「神戸連続児童殺傷事件」に関する私論」（「青山学院女子短期大学総合文化研究所年報」1997年12月））

① この小説は、何故か高等学校の「国語」教科書の古典的教材として長い間読み継がれてきた。私なども、高校生の心境、心情の高ぶり、青春の狂乱を鎮めるのに相応の教材で、なおかつ青春の一回性を説くのに適当な教材として劇的かつ教訓に満ちていると考え、好んでこの教材を使ってきたのであった。

② 私は、この類まれなる〈人虎伝〉の主人公を高校生と語り合うたびに、これがお前たちのなれの果てだと言い続けてきた。少しばかりの勉強を鼻にかけ、少しばかり

の成績の良さを鼻にかけ他人を小馬鹿にし、自分は選良だと大錯覚し、人をおとしめてはばからない奴のなれの果てがこれだ。〈李徴〉に同情したり自分を重ねる奴は大馬鹿者だと語り続けてきたのだった。

◎小森陽一（「自己と他者の〈ゆらぎ〉―中島敦の植民地体験」（『〈ゆらぎ〉の日本文学』（1998、東京：日本放送出版協会））

①

『山月記』の従来の解釈としては、李徴が虎になった理由が、彼の屈折した自意識の帰結として説明される。いわく、「臆病な自尊心と、尊大な羞恥心」を、「己」の中で「飼ひふとらせる結果」（傍点原文）李徴は虎になったのである、と。あるいは、人間は「善」、虎は「悪」という単純な二項対立に基づきながら、「飢え凍えようとする妻子」を顧ることなく、「己の乏しい詩業の方を気にかけてゐる様な男だから」虎になったのだ、という解釈がまかり通っている。

しかし、はたして中島敦は、そのような凡庸な道徳的主題を導くために、このテクストをつくったのであろうか。（略）知識人の自意識と、文学者の業に物語を回収しようとする従来の解釈は、明らかに『山月記』の歴史性を隠蔽することによって成立しているのである。

②「天宝」（七四二～七五五）と言えば、唐の玄宗の治世の最晩年である。そして玄宗の晩年と言えば、楊貴妃への愛に溺れ、均田制の崩壊を進行させた時期であり、さらにその「末年」と言えば、安禄山によって安史の乱がひき起こされた時期にほかならない。

③いったい、兎を殺して食べて虎になった李徴と、権力闘争で殺しあう人間たちの、どちらが「善」でどちらが「悪」なのか、といった、単純な二項対立を無効にする懐疑が、『山月記』をめぐる歴史性からは浮かびあがってくるのである。そもそも、こうした権力闘争に明け暮れる政治の世界に、正式に参入する資格であるところの、進士試験の合格者の名前を掲示する札は、「虎榜」と書き記されているのだ。科挙に受かった者たちは「虎」に喩えられていたのである。

友人の袁傪（えんさん）が、虎になった李徴のいる地を訪れるのも、彼が「監察御史」として、「勅命を奉じて嶺南に使」に来たからだ。彼は、中央の政治と直結した政治家なのだ。袁傪は、まさに、血で血を洗う権力闘争のただ中に、その身を置いているのである。均田制が崩壊し、中央集権的な皇帝の権力が弱くなり、藩鎮と呼ばれた地方の節度使が中央に従わなくなったからこそ、「監察御史」なる役職が重要性を帯びてきたのだ。李徴という男は、そのような政争の世界から退き、詩人として名を残そうとしただけなのだ。

◎川村湊（『狼疾正伝：中島敦の文学と生涯』（2009、東京：河出書房新社））

①つまり、『山月記』の李徴が虎に変身するのは、文字の霊、言葉の霊魂（言霊）に変身することと同じ意味なのであり、詩に対する妄執を拭い切れなかった李徴は、その身に受けた天罰によって、文字や言葉そのもの（＝虎）に姿を変えられてしまったのである。

②白川静の『字統』によれば、「虎」という漢字は「卜文は虎文をつけた象形文字に作る」とあり、（略）虎はその体に帯びた縞模様から「文字の獣」とされるのである。ということであれば、李徴が変身したのはまさに「文字」なのであり、文字に憑かれ、文字を並べ、文字をいじりまわすことに熱中して己れを失ってしまった男

は、最終的に「文字」そのものに姿を変えてしまったといってよいのである。つまり、李徴やその影の中島敦にとって、「虎」という文字は、現実の虎という獣〝影〟などではなく、虎という獣自体が「虎」という文字の〝影〟にほかならなかったのである。

◎頼衍宏（「「山月記」材源論」（「台湾日語教育学報」2014年12月））

① 「山月記」を正しく把握するためには、小森説が唱えた「歴史性」の方向が前提となる。それを受け止めて、中国の材源との相違を精確に見分けることにより、はじめて安禄山の陰影が『山月記』全体に覆い被さっているということを浮かび上がらせることができる。また、中島敦が描き出した李徴の性格（狂、狷）の独創性を正確に捉えることも可能となる。さらに、この「狂狷」について論孟を通じて照らし出すと、袁傪をめぐる性格描写が「郷原」に該当するものだと断言できる。

② 汝水のほとりに来ないと発狂しないことは、下流の出身者である袁傪が高官になったことに対する、李徴の蓄積した不満の現れであろう。李徴の故郷は汝水上流であ

った。袁傪との再会で、李徴は自嘲の調子を貫いている。これは決して自暴自棄となった弱者の悲鳴ではない。中国の自嘲文学の伝統を確認すると、彼の狙いどころは外部世界全体をからかい、なぶりものにすることにほかならなかった。

③ 生き物のなかで、李徴が「虎」を選んで変身したのは、必然性があった。「蠅を打てど、虎を打たぬ」という中国監察制度に関する慣用句があるからである。東北に安禄山の叛乱が起こりそうになっても、玄宗皇帝は「蠅しか打たずに、虎を打たじ」という処置をとる。北にいる〈虎〉（安禄山）が打たれてしかるべきなのに、郷原派の監察御史は見過ごしたまま南下する。だからこそ、李徴はわざわざ「虎」となって弾劾権を行使しない監察御史が進むべき前途を遮断したのである。

④ 中島敦の独創は、安禄山の乱の発生を疑う余地のない段階に至る時、「狂狷」者は余儀なく「虎」と姿を変えて、かろうじて郷原派の「監察御史」に訴えるしかないという点である。狂狷派の漢詩について、郷原精神が不足したと批判を見せたところに、皮肉にも郷原派自身の短所をさらしてしまった、といえよう。

⑤ 中島敦は、返す刀として、日本の政情を批判したのではないか。すなわち、東条首

相が率いた政府の歩む方向に間違いがあっても、弾劾の大権を持っている政治家はそのことには手を付けずに「郷原」主義を墨守する。一般の国民も権威に従わざるをえないだけに、「狂狷」の輩である中島敦は憤懣やるかたない。こうした社会的背景と自らの憤りに基づきつつ、中島は「山月記」の李徴を「狂狷」性を帯びた憂国慨世の士として、また一方の袁傪を「郷原」性を備えた似非聖人として造型し直したのであろう。

問題與討論

一、「山月記」的主角人物之所以化身成虎，有人歸因於「詩人的藝術衝動的走火入魔，純粹是「內因性」使然」（劉崇稜「日本文學欣賞（近代篇）（39）——中島敦與「山月記」」（『日本研究』1985年9月））；也有人提出應站在「歷史性」的外因性角度去作剖析，你認爲哪一個看法可行性較高？

詩

一、雨ニモマケズ

宮澤賢治

雨ニモマケズ
風ニモマケズ
雪ニモ夏ノ暑サニモ　マケヌ
丈夫ナカラダヲモチ
慾ハナク
決シテ瞋ラズ
イツモシヅカニワラッテヰル
一日ニ玄米四合ト
味噌ト少シノ
野菜ヲタベ

アラユルコトヲ
ジブンヲカンジョウニ入レズニ
ヨクミキキシワカリ
ソシテワスレズ
野原ノ松ノ林ノ蔭ノ
小サナ萱ブキノ小屋ニヰテ
東ニ病氣ノコドモアレバ
行ッテ看病シテヤリ
西ニツカレタ母アレバ
行ッテソノ稻ノ朿[1]ヲ負ヒ

1此字爲「朿」之異體，在此尊重原件多用異體字之作法。文本的換行方式則依據宮澤賢治『新校本宮澤賢治全集第13巻 上（覚書・手帳） 校異篇』（1997、東京：筑摩書房）。

南ニ

死ニサウナ人アレバ

行ッテコハガラナクテモイヽトイヒ

北ニケンクヮヤソショウガアレバ

ツマラナイカラヤメロトイヒ

ヒデ[2]リノトキハナミダヲナガシ

サムサノナツハオロオロアルキ

ミンナニデクノボートヨバレ

ホメラレモセズ

クニモサレズ

サウイフモノニ

ワタシハナリタイ

（「雨ニモマケズ」の手帳（複製））

2 原「ド」字，據署名故宮澤賢治「宮澤賢治氏逝いて一年　遺作（最後のノートから）」（「岩手日報」1934年9月21日）改正。

二、淋雨也不伏輸

宮澤賢治

淋雨也不伏輸，
刮風也不伏輸，
降雪及夏暑我也都　不伏輸，
保持身強體壯，
了無慾望，
決不瞋怒，
總是恬靜地笑著，
一天就拿糙米四合、
味噌和少量
　蔬菜來吃，

所有事情都不先考慮自己，
好好地去增廣見聞，取得理解，
接著，牢記在心田。
處身於原野松林綠蔭下的小茅蘆，
東方，倘若有生病的孩童，
便起行去照料他；
西方，如果有疲憊的母親，
即起行去幫她背負稻束；
南方，
要是有人臨終，
則起行去安慰他：「甭害怕！」
北方，要有口角或諍訟，
就奉勸兩造：「沒意義，別鬧了！」

大地乾裂時，我滴下淚水；
冷夏來襲時，我周章悶走。
被大家稱作木頭人兒，
沒被表揚，
也沒礙到誰，
我想成爲，
那樣的人。

（「淋雨也不伏輸」的手帳（複製））

作者生平

宮澤賢治（みやざわ－けんじ，1896-1933）詩人、童話作家。岩手人，畢業於盛岡高等農林學校農藝化學科。擔任岩手縣稗貫農學校教諭期間（1921-26），出版詩集『春と修羅』及童話集『注文の多い料理店』。告別教師生活後，創立羅須地人協會，爲農民灌輸專業知識。晚年纏綿病榻，但仍堅持創作。其作品具有日本東北地方色彩，展現其宗教以及科學思想。童話代表作有「銀河鉄道の夜」「セロ弾きのゴーシュ」等。『新校本宮澤賢治全集』（1996-2009、東京：筑摩書房）。

◆ 集體評論 ◆

◎吉田精一（『日本近代詩鑑賞　昭和篇』（1954、東京：新潮社））

①（略）この詩を谷川徹三氏が、日本に新しい詩が生れて以来最高のものだと云つたことに対し、内容上から反対意見を述べた除村吉太郎氏の批評である。

②私には谷川氏の評言は誇大にひゞく。それは、成形詩であるよりは詩以前のものといふ性格がこの作品から観取されるからに外ならない。私の考へでは賢治の率直な生活信条、或は自戒の金言としての面が強く出てゐるものであつて、猶たとへば一行一行の独立したぬきさしならない詩美といふやうな点では、必らずしも完美のものといへないやうに思ふ。かなりに散文的な、無造作すぎる一行があちこちに見出されはしないであらうか。賢治の作品の中に於て、傑出したものであることは否定し得べくもないが、「無声慟哭」の諸篇よりも高い価値のものとはいひがたいと私は思つてゐる。

◎西田良子（『宮沢賢治論』（1981、東京：桜楓社））

① まず、「雨ニモマケズ」成立の周辺をふり返ってみると、「雨ニモマケズ」が書かれたのは、一九三一年十一月三日、即ち、賢治三十六歳の明治節の日である。明治生まれの賢治にとっては、恐らく特別の感慨を抱く日だったと思われる。

② つまり、彼が自分の死期の近づきをはっきり意識しはじめた時期に書いたものであるということと、彼が大乗仏教の信者で、自分自身の幸せよりも、〈あらゆる人の幸せ〉を至高の目的としていたということとを考えながら読むことが、「雨ニモマケズ」を理解する上では非常に重要なポイントになると思う。

③ 「雨ニモマケズ」は、自分の上に死の影が確実に近づきつつあることを自覚した賢治が、心の中に大きな抱負を燃やしながら、病気故に何も出来ない。そういう自分を口惜みながら、とにかく丈夫な身体がほしい、雨の中を走りまわって稲作の指導をしても倒れないほど強い身体がほしいと心底から願いつつ書いたものである。だから、「雨ニモマケズ　風ニモマケズ」とまず冒頭に、丈夫な身体を切望せずにはいられなかったのである。

④「野原ノ松ノ林ノ蔭ノ小サナ萱ブキノ小屋ニヰテ」というのは、彼が一九二六年から一九二八年の発病の時まで、ひとりで住んでいた下根子桜の小屋のことで、この詩を作った時は、病気のため父母と同居し、豊かな暮しの中にいたが、できればもう一度元気になって、あの頃のように質素な小屋にひとりで住んで、晴耕雨読の生活をしながら、農村改革に励みたいと思っていたのであろう。

⑤「東ニ病気ノコドモ……」「西ニツカレタ母……」「南ニ死ニソウナ人」「北ニケンクワヤソショウ……」というのは、前に挙げた、病・老・死・生の〈四苦〉に苦しんでいる人が、その苦しみから早く脱け出せるように、自分の持っている力を全部貸してやりたいということで、これらの言葉には、菩薩精神に憧れ、人の幸せの為に自分のすべてを捧げたいと願っていた賢治の気持が、最も強く現われている。

◎中野新治（「〔雨ニモマケズ〕」論：樹木的生への到達）（「日本文学研究」1993年11月））

①まず、風雨にも寒暑にも負けぬ「丈夫ナカラダ」は生来のものなのか、それとも努力してそうならねばならぬのか不明である。しかも、頑健な肉体を持つ者は

往々にして欲望や感情が激しい者が多いのに、どうしてこの人は「慾ハナク／決シテ瞋ラズ／イツモシヅカニワラッテ」おれるのか。それに「一日ニ玄米四合ト／味噌ト少シノ野菜ヲタベ」るだけで本当にその頑健な肉体は維持できるのか。

② 思いつくままに挙げただけでこれだけの疑問がある。しかし、それを作品の中で解くことは不可能なのだ。

◎菅原諭貴（「宮沢賢治の仏教世界——「雨ニモマケズ」考」（「禅研究所紀要」2000年3月））

「雨ニモマケズ」の詩は、賢治にとって発表の意図はなかったとされるが、それは病床の中で病苦・死苦との凄まじい苦闘・葛藤の中で生まれたものであり、発見・公表された奇しき機縁から推すれば、仏・菩薩が賢治をして書写せしめたという教法的性格も見出されよう。

◎構大樹（「徴用された〈宮沢賢治〉：総動員体制下の「雨ニモマケズ」と文学的価値の所在」（「日本近代文学」2015年5月））

総動員体制下において、〈宮沢賢治〉と本来は公表されないはずだった「雨ニモマケズ」は、民衆動員を企図する事業に取り込まれていった。これは、まさに徴用されたと言ってよい。しかし正当か否かは別として、いずれにせよその対価は支払われた。それは大政翼賛会文化部の承認を得ることによって、「雨ニモマケズ」を中心とする〈宮沢賢治〉に正当性がもたらされ、後に『青年朗誦集』（日本青年館、一九四三・六）や『近代名詩選（ママ）（選集）』（千歳書房、一九四四・二）といったアンソロジー詩歌集で反復されることで、結果的に広域なイメージ流布が果たされた、という対価だ。

問題與討論

一、「雨ニモマケズ」詩中，流露著什麼樣的宗教思想？

二、在創作「雨ニモマケズ」之際，賢治爲何選擇了片假名夾雜漢字的文體？

近代秀歌

一

庭前即景（四月廿一日作）

くれなゐの二尺伸びたる薔薇の芽の針やはらかに春雨のふる

（「日本」1900年5月8日）

試譯：

庭前即景（四月廿一日）

薔薇既伸展，新枝高度達二尺，萌生紅刺針，觸感軟軟溫柔地，沐浴於滴滴春霖。

庭前即景（四月廿一日作）　竹の里人

山吹は南垣根に菜の花は東堺に咲きむかひけり
かな網の大鳥籠に木を栽ゑてはつ枝下枝にひわ飛びわたる
くれなゐの二尺伸びたる薔薇の芽の針やはらかに春雨のふる
汽車の音の走り過ぎたる垣の外の萌ゆる木末に煙うづまく
杉垣をあさり青菜の花を踏み棚へ飛びたる四十雀二羽
一うねの青菜の花の咲き滿つる小庭の空に蝶舞ふ春日
くれなゐの若葉ひろがる鉢植の牡丹のつぼみいまだなかりけり
春雨をふくめる空の薄曇山吹の花の枝もうごかず
家主が植ゑておきたる我庭の背低若松若みどり立つ
もゝ草の萌え出づる庭のかたはらの椶の木陰に菜の花咲きぬ

作者生平

正岡子規（まさおか‐しき，1867-1902）四國松山人，本名正岡常規。患肺結核而咯血，故號子規。東京帝大（哲學科轉國文科）中輟後，1892年出任日本新聞社記者，甲午戰爭之際，以從軍記者身分遠赴中國。主張寫生，鼓吹俳句革新運動，1897年創立「ほとゝきす」雜誌；又提倡萬葉調，推動短歌革新運動，奠定了「アララギ」派的基礎。『子規全集』（1975-78、東京：講談社）。

集體評論

◎斎藤茂吉（「正岡子規短歌合評（二十四）」（「アララギ」1942年7月））

「針やはらかに」といつて、直ぐに、「春雨の降る」と止めたあたり、仏蘭西印象派画色彩のおもかげである。

◎谷馨（『現代短歌』（1951、東京：学燈社））

又「やはらかに」は、針について言っている句であるが、読み下してくると、結句の「春雨のふる」にも気分的につながるものとなっている。

◎岡井隆（秋山虔（他編）『日本名歌集成』（1988、東京：学燈社））

「くれなゐの」は「薔薇の芽」にかかる。歌の材料からして春の雨であり、植物の若い芽立ちであるから、若やいだ心持が読者に伝わるのであるが、その上に、この歌のリズムは「の」という助詞によってなめらかに運ばれていてこころよい。「針やはらかに」までは、もっぱら薔薇の芽の描写であったが、そこへ結句において春雨を配したのが効果的である。子規は、元来俳人であるから、こうした配合はうまかったのであった。

二

諏訪湖畔

みづうみの氷は解けてなほ寒し三日月の影波にうつらふ

「アララギ」1924年4月

試譯：

諏訪湖畔

湖面結層冰，融解後依然寒冷，初三月牙光，映射出晃晃粼粼，閃爍在開波裂浪。

作者生平

島木赤彥（しまき－あかひこ，1876-1926）本名久保田俊彥，長野縣人。長野師範畢業後，從事教育工作；1914年，辭去督學一職、赴東京重建「アララギ」歌誌，12年間，已成功將該誌提昇至中央歌壇的主流地位。首倡以「鍛鍊道」創作短歌，並提出短歌的極致在於澄心深入「寂寥相」。『赤彥全集』（1969-70、東京：岩波書店）。

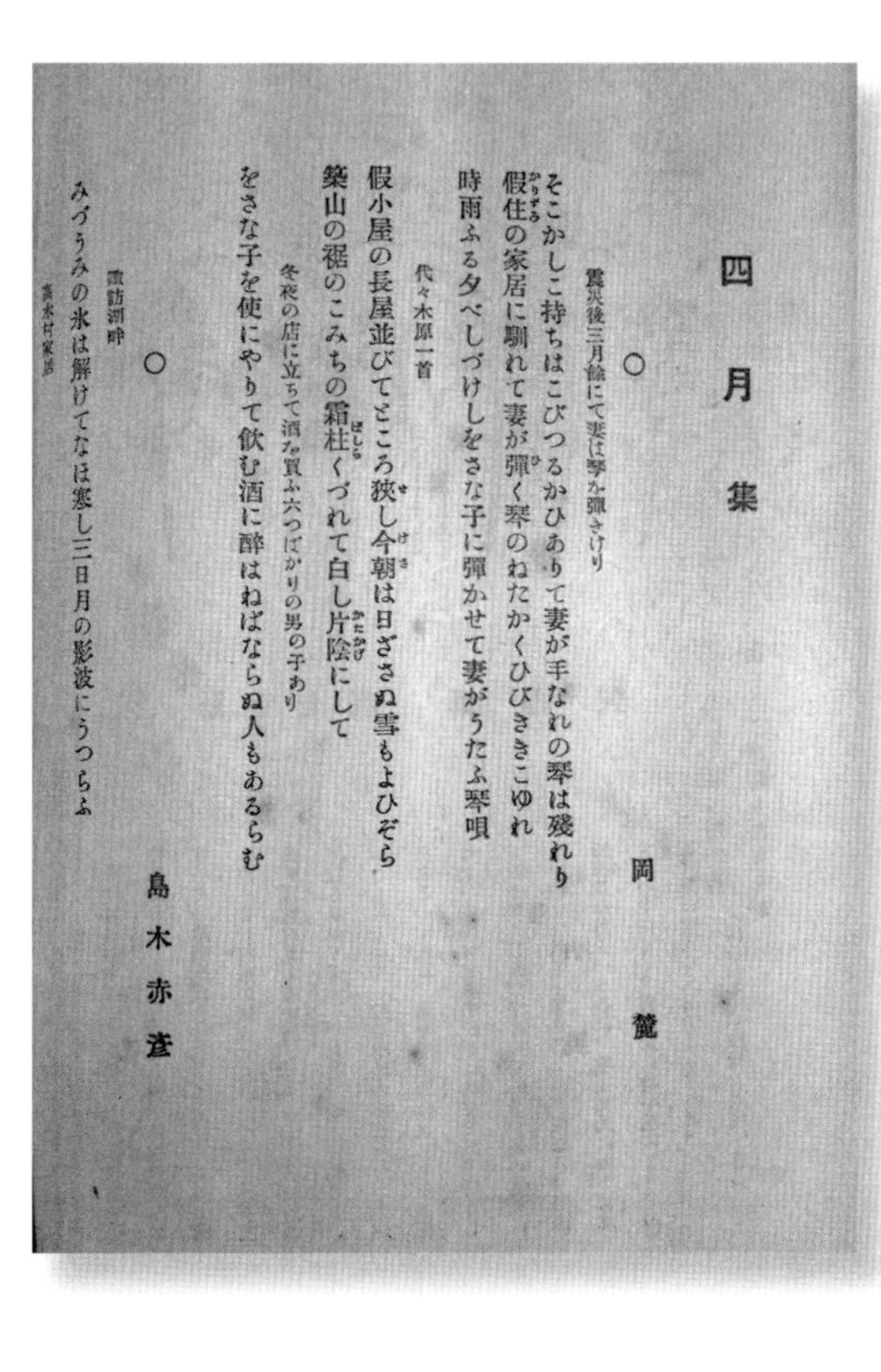

四月集

○　岡麓

震災後三月餘にて妻は琴か彈きけり

そこかしこ持ちはこびつるかひありて妻が手なれの琴は殘れり

假住の家居に馴れて妻が彈く琴のねたかくひびききこゆれ

時雨ふる夕べしづけしをさな子に彈かせて妻がうたふ琴唄

代々木原一首

假小屋の長屋並びてこころ狹し今朝は日ざさぬ雪もよひぞら

築山の裾のこみちの霜柱くづれて白し片陰にして

冬夜の店に立ちて酒を買ふ六つばかりの男の子あり

をさな子を使にやりて飲む酒に醉はねばならぬ人もあるらむ

○　島木赤彥

諏訪湖畔

高木村家居

みづうみの氷は解けてなほ寒し三日月の影波にうつらふ

集體評論

◎片桐顕智（「島木赤彦」（和歌文学会（編）『和歌文学講座第11巻秀歌鑑賞Ⅱ』（1970、東京：桜楓社））

一月吟であって、春のきざしによって氷が解けはじめると解するには無理がある。やはり、結氷が本格的にならぬ一月の暖冬日、たまたま氷が解けたころの歌とみるべきであろう。雪と同じく、氷も解けはじめると、太陽熱を吸収して、大気は冷却し寒気が一段と身に沁みるものである。それを「なほ寒し」と表現したのである。湖上には刃のような三日月が冷たくかかって、それが諏訪湖の波に映っている。壮大美（エルハーベ）の歌境であって、そこに寒入り前の粛条（ママ）たる風景と三日月の鋭い光の凄然たる情趣が加わっている。

◎新井章（『島木赤彦』（1977、東京：桜楓社））

この「波にうつろふ」は、静止している月影でなく、さざ波に揺れているのではあるまいか。ことに人が歩く場合は、月影もそれにつれて波の上を渡り行くように見えるものである。

◎小口雄一郎（伊東才治（他編）『文学探訪　島木赤彦記念館』（1993、東京：蒼丘書林））

表面は諏訪の自然を適確に表現し、次に作者は内面を三日月を通して湖に映っている孤独に耐えられない寂しさの極北を示し、底の面においては波間に漂う三日月という、存在自身のはかなさを表現した。赤彦は友人金原省吾に「私は弱い人間である」と涙を浮かべて語ったと伝えられるが、その宗教的世界の中に歌があり、鍛錬道があった。三日月の影には赤彦の自己投影がある。

◎末竹淳一郎（大島史洋（他編）『現代短歌大事典』（2000、東京：三省堂））

赤彦に諏訪湖を詠んだ歌は多いが、古典的な風格と格調の高さからも最高の到達点を示す一首。氷がとけたばかりの湖。そこにうつる三日月の影がたゆたって余寒も未だひとしおの情調は、一種の悠遠さをかもし出している。

三

夏の香

夏のかぜ山よりきたり三百の牧（まき）のわか馬耳（うまみゝ）ふかれけり

（「中學世界」（1905年6月夏期增刊））

試譯：

夏之香

涼夏送爽風，由山間習習吹來。牧場小馬匹，三百對直豎耳朵，瞬間一齊被扇起。

作者生平

與謝野晶子（よさの－あきこ，1878-1942）大阪堺人，本名鳳志よう。堺女學校卒業後，參加詩歌雜誌「明星」，1901年，刊行處女歌集『みだれ髮』，以其情熱奔放的浪漫主義作風揚名於世，並與「明星」主宰與謝野鐵幹結婚。1912年，推出『新訳源氏物語』。1921年，西村伊作創設文化學院之際，晶子擔任學監，唱導藝術性的自由教育、同時教授日本文學。『定本与謝野晶子全集』（1979-81、東京：講談社）。

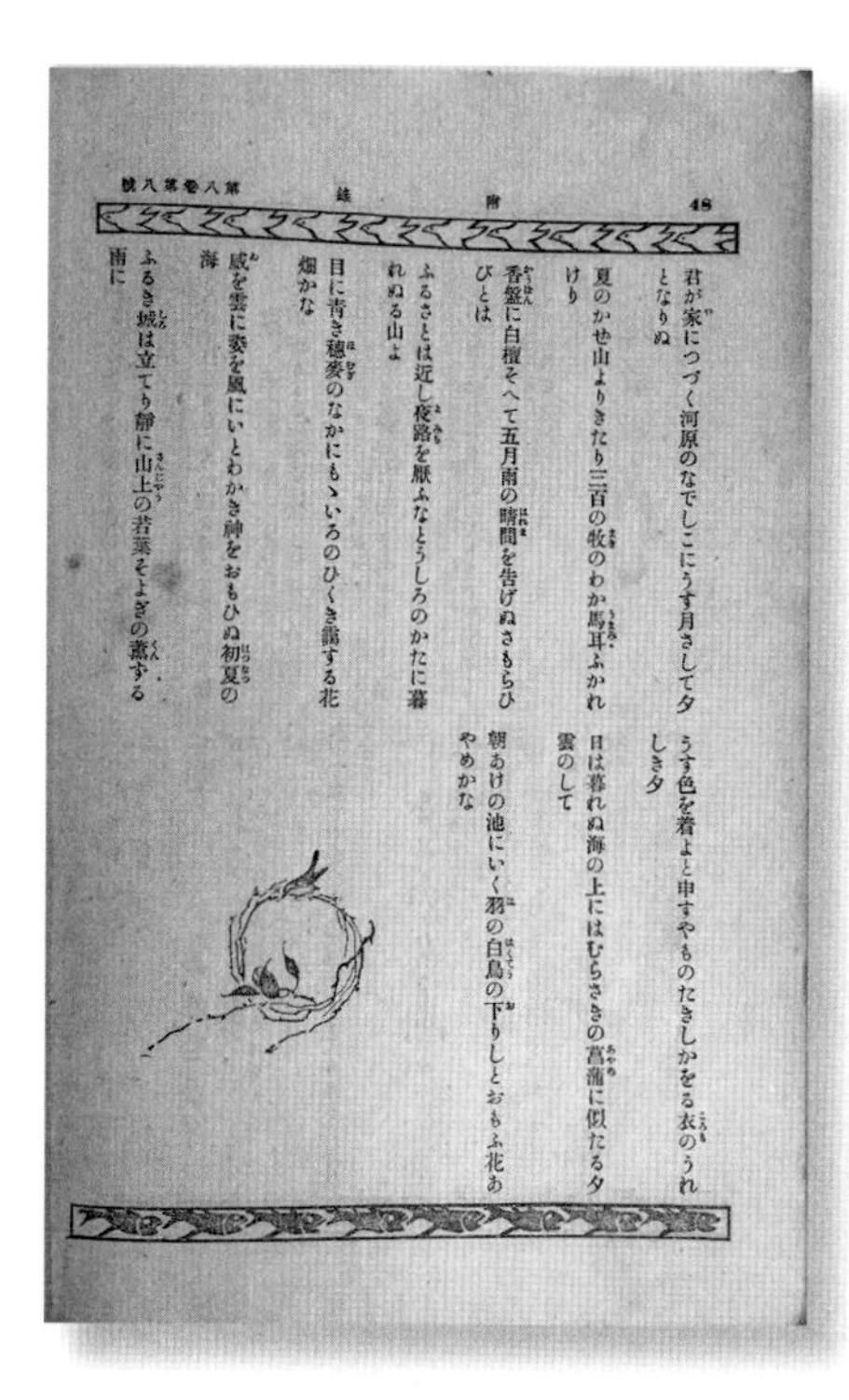

第八卷第八號　附錄　48

君が家につゞく河原のなでしこにうす月さして夕となりぬ

夏のかせ山よりきたり三百の牧のわか馬耳ふかれけり

香盤に白檀そへて五月雨の晴間を告げぬさもらひびとは

ふるさとは近し夜路を厭ふなとうしろのかたに暮れぬる山よ

目に青き穂麥のなかにもゝいろのひくき靄する花畑かな

威を雲に麥を風にいとわかき神をおもひぬ初夏の海

ふるき城は立てり靜に山上の若葉そよぎの薫ずる雨に

うす色を着よと申すやものたきしかをる衣のうれしき夕

日は暮れぬ海の上にはむらさきの菖蒲に似たる夕雲のして

朝あけの池にいく羽の白鳥の下りしとおもふ花あやめかな

◆集體評論◆

◎安部忠三（『晶子とその背景』（1947、東京：羽田書房））

「三百の牧の若馬」といふところ、何うも漢詩あたりの匂ひがある。

◎谷馨（『現代短歌』（1951、東京：学燈社））

「耳ふかれけり」に、実感のみなぎるものがあるが、いわゆる質実な写生歌とは違って、描写に選択的なところ、浪曼的な色彩が濃く、やはり晶子調で美しい。

◎坂本政親（与謝野晶子（他著）『与謝野晶子　若山牧水　窪田空穂集』（1971、東京：角川））

「三百の」は沢山の意。若馬の耳に焦点を定めた結句のみごとさ。

◎糸賀きみ江（「與謝野晶子の歌」（島田謹二（他編）『比較文学読本』（1973、東京：研究社））

山の緑の上を渡って来る初夏の風の爽涼感と、風にふかれて群れ遊んでいる仔馬の新鮮さが調和し、さわやかな一首になっている。

◎山本洋三（「短歌をどう扱うか」（増淵恒吉（他編）『国語教材研究講座：高等学校現代文中巻（詩・短歌・俳句）』（1983、東京：有精堂））

「三百の牧の若馬耳吹かれけり」の歯切れのよいリズムを味わえばよいのだ。自然は晶子のロマンチシズムによって色濃く染めあげられている。

四

夢殿觀音に

あめつちにわれひとりゐてたつごときこのさびしさをきみはほゝゑむ

（會津八一『南京新唱』（1924、東京：春陽堂））

試譯：

於夢殿觀音

天地玄黃間，晃如我孤身一人，孑然獨立般，面對這顆寂寞心，觀音微笑掛唇邊。

作者生平

會津八一（あいづ－やいち，1881-1956）新潟人，筆名秋艸道人。東京專校（早稻田大學的前身）畢業後，先從事英語教育，1933年以日本古代佛寺研究爲題獲母校授予博士學位，1935年，出任早大文學部藝術學專攻科主任。『会津八一全集』（1982-84、東京：中央公論社）。

◆集體評論◆

① ◎吉野秀雄（『鹿鳴集歌解』（1947、大阪：創元社））

この像は二百年間絶対不可見の秘仏とされてゐたが、明治十七年の夏、米国人アーネスト・フランシスコ・フエノロサが、もしこれを見なば神罰たちどころに至り地震たちまち全寺を毀つであらうと抗ふ寺僧を説きふせて開扉せしめた話は有名である。

② 「あめつちにわれひとりゐてたつごとき」は、むしろ救世観音を拝することによつて誘発されたさびしさである。このきびしいさびしさは像そのもののもつものなるがゆゑに、これを仰ぐ作者のさびしさとなつたのである。つまり「われ」は一応作者自身には違ひないが、また像そのものでもあるのだ。

◎岩津資雄（「会津八一」（和歌文学会（編）『和歌文学講座第11巻秀歌鑑賞Ⅱ』（1970、東京：桜楓社））

「きみはほゝゑむ」はいわゆる拈華微笑の表情をいったもの。これが仏としては超然の微笑であろうが、孤独を嘆く作者にとっては温い憐憫の微笑と取れよう。要するに一首は、仏の姿に自己の映像を重ねて孤独感を訴えたものである。

◎安田純（「国文学解釈と教材の研究 臨増 鑑賞・近代の名歌名句1000」1978年9月））

「きみ」という語から、観音への親愛の気持がうかがわれる。（略）しかし、観音は、自分とは違い、微笑している。それはなぜか。「ほほゑむ」は、いうまでもなく、飛鳥仏に特有の、あの口元だけの微笑を指す。

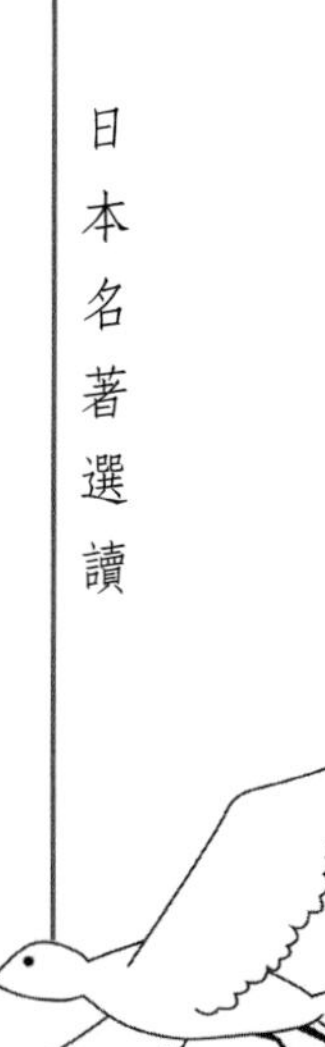

五

死にたまふ母

みちのくの母のいのちを一目見ん一目みんとぞただにいそげる

（齋藤茂吉『改選赤光』（1921、東京：東雲堂））

試譯：

逝去之母

只渴望見到，陸奧國母親大人，最後那生命，只為見上那一面，我兼程趕路歸根。

作者生平

齋藤茂吉（さいとう－もきち，1882-1953）山形縣人。東京帝大醫學科畢業後，擔任長崎醫專精神病科教授等職。1921年，赴歐洲深造，1924年，獲頒醫學博士。1927年，出任青山腦病院院長。提倡「實相觀入」、「寫生」理論，並以歌集『赤光』聞名於文壇。1937年成爲帝國藝術院會員。1951年獲頒文化勳章。『斎藤茂吉全集』（1973-76、東京：岩波書店）。

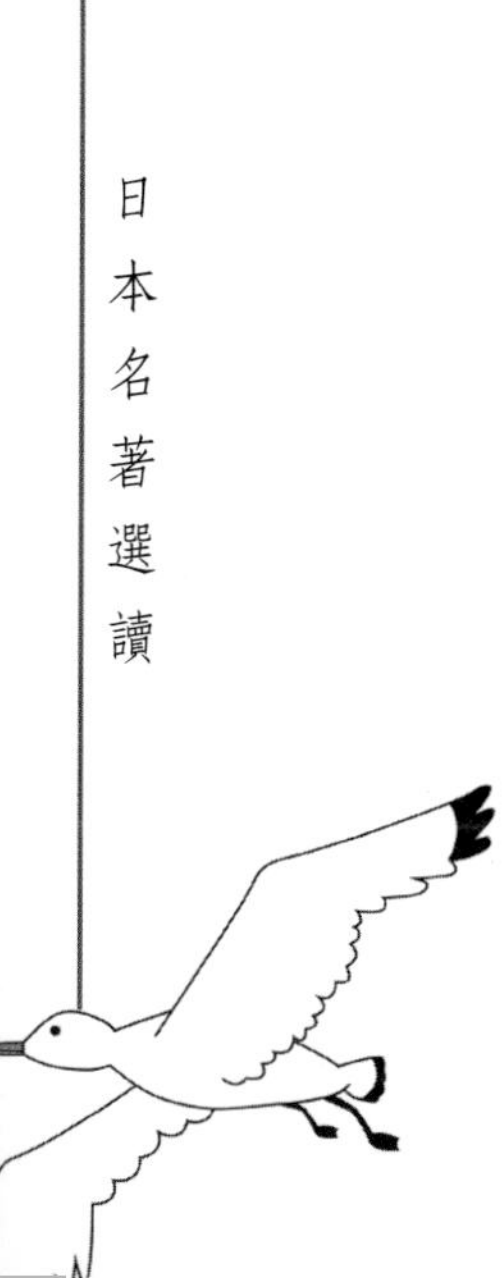

◆集體評論◆

◎木俣修（『近代短歌の鑑賞と批評』（1964、東京：明治書院））

作者は三十二歳で、医科大学の助手として付属医院に勤務していた。悲報を聞いてとるものもとりあえずふるさとに急いでいる作者の気持がさながらに写されている。「一目見ん一目見ん」という繰返しのなかに不安と悲しみとに息づく作者の胸のうちの波動が伝えられている。

◎本林勝夫（斎藤茂吉『斎藤茂吉集』（1970、東京：角川））

生きているうちに一目でも会いたい、会おうという切実な心情、それが三・四句のすがりつくような急迫した調べにこめられている。

◎伊藤博（「猪養の岡の寒くあらまくに」（「かづらき」（1986年2月）））

① 中でも、四部によって成る連作「死にたまふ母」五十九首に、格別心を奪われた。

子供心に一連をなぜ五十九首でとどめたのか不審を感じたけれども、それは茂吉の母が数え五十九歳で他界したことにちなむことをあとで知った。

②（略）連作五十九首に魅了されたのは、あちこちに古代語を散りばめながら、叙情がすこぶる新鮮で近代的な感覚に充ちあふれている点であった。

③私の心は、この「母のいのちを一目見ん」に釘づけにされた。「見る」の対象は表面に存在するものに限られると思いこんでいた少年にとっては、「いのちを見る」という表現が限りもなく奥深い世界を表出していると考えられた。ここをかりに、「みちのくに病む我が母を一目見ん」などと詠んだとしたら、結びの「ただにいそげる」の力も消え失せ、全体が抜けがらになってしまうであろう。

◎藁谷隆純（「「死にたまふ母」歌における言語表現」（「日本語日本文学」1994年3月））

「母のいのち」に冠する修飾語が固有名詞「みちのく（の）」であるのは、作者の東京にての望郷の思いがよく表現されていよう。

六

螢四章

晝

晝ながら幽かに光る螢一つ孟宗の藪を出でて消えたり

（北原白秋『雀の卵 歌集』（1921、東京：アルス））

試譯：

螢四章

晝

大白晝底下，幽微閃爍著亮光，一隻螢火蟲，飛出孟宗竹林後，消失地無影無蹤。

作者生平

北原白秋（きたはら - はくしゅう，1885-1942）本名北原隆吉，福岡縣人。1904年，進入早稻田大學英文科預科。起初活躍於「明星」，1908年，轉而加入「パンの会」（Pán，指希臘神話中的牧神）、參與「スバル」的創刊，投入耽美主義文學運動。1909年，出版第一詩集『邪宗門』，展現其官能主義、異國情緒的風格。1934年，應總督府之邀前來臺灣一遊。亦曾開辦過「朱欒」「多磨」等雜誌。晚年，當選帝國藝術院會員。『白秋全集』（1984-88、東京：岩波書店）。

集體評論

◎木俣修（『近代秀歌』（1983、東京：玉川大学出版部））

小さい、はかない生命のかがやきを直観によって一瞬に捉えた歌である。こういう歌は単に物象を写したものだというだけで説き明かすことはできない。一種の象徴味を帯びたものであるからである。この歌が発する幽かな匂いというものを味わうべきである。

◎平出隆（三枝昂之（他編）『岩波現代短歌辞典』（1999、東京：岩波書店））

閑寂境を求めはじめた時期の作で、昼の明るさの中に、かすかな一瞬の光をとらえた。「アララギ」の写生に対して象徴的な幻視の方法を提示しているともいえる。

◎山口理（『俳句　短歌　百人一首』（2003、東京：偕成社））

「微か」だと単に「弱い（光）」ということになるけど、「幽か」だと幽玄（神秘的な）という意味をふくむんだ。

七

旅人

幾山河越え去り行かば寂しさの果てなむ國ぞ今日も旅ゆく

（「新聲」1907年8月）

試譯：

旅人

究竟該翻越，幾座山頭幾條河，才能夠抵達，寂寞消失之國度？今日又整裝待發。

◆集體評論◆

◎森脇一夫（若山牧水（他著）『与謝野晶子　若山牧水　窪田空穂集』（1971、東京：角川））

初出「新声」（明40・8）。『海の声』より再録。（略）「今日も」の「も」は同類のあることを暗示、きのうも、おとといも。旅へのあこがれ、漂泊の思い。

◎佐佐木幸綱（「国文学解釈と教材の研究　臨増　鑑賞・近代の名歌名句1000」1978年9月））

例の有名な、カール・ブッセの「山のあなたの……」を愛唱しているとある牧水の手紙もあり、その影響下にある歌としてよい。

◎平岡敏夫（秋山虔（他編）『日本名歌集成』（1988、東京：学燈社））

「幾山河」はいくやまかわと読む。いったいどれほどの山や川を……と疑問の意にとる人もある。「終てなむ」の「なむ」は完了（強意）の「ぬ」の未然形「な」に推量の「む」の連体形がついたもの。「寂しさのはててしまう（きっとはてるにちがいない）国」。「ぞ」は……であるのかの意の終助詞。

◎伊藤一彦（大島史洋（他編『現代短歌大事典』（2000、東京：三省堂））

（略）カール・ブッセ「山のあなたの空遠く、幸すむと人のいふ」の影響を指摘する人が多いが、この歌の魅力はむしろ寂しさの果てる国等なくてもよいというほどの誇らかな若さであろう。

◎見尾久美恵（『若山牧水』（笠間書院、2011））

旅をつづけることでこそ、寂寥（せきりょう）感や孤独感が磨かれ、心は解放されて、自然の中を自由にさまようことができるようになる。

八

白鳥(しらとり)は哀(かな)しからずや空の青海のあをにも染まずただよふ

（若山牧水『海の聲』（1908、東京：生命社））

試譯：

素白的鳥兒，難道你沒有哀愁？青空、藍海間，純純潔潔地飄浮，一色也未曾沾染。

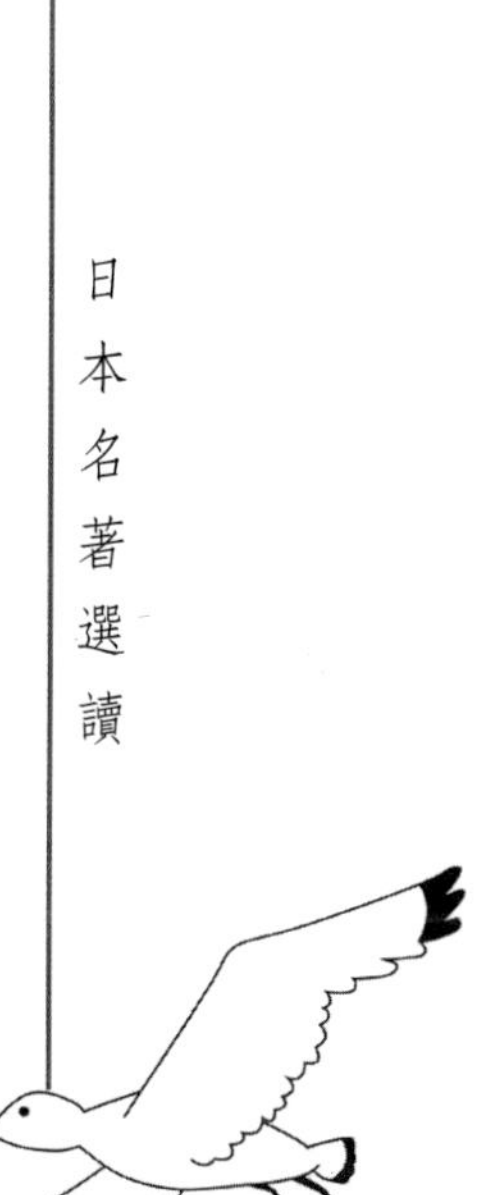

作者生平

若山牧水（わかやま‐ぼくすい，1885-1928）宮崎縣人，本名若山繁。就讀早稻田大學英文學科，與同學北原白秋深交；1908年畢業後，隨即出版第一歌集『海の聲』。1911年，興辦詩歌雜誌「創作」，崇尚自然主義，以其旅行、飲酒爲題的短歌作品膾炙人口。死於肝硬化。『若山牧水全集』（1992-93，静岡：增進会）。

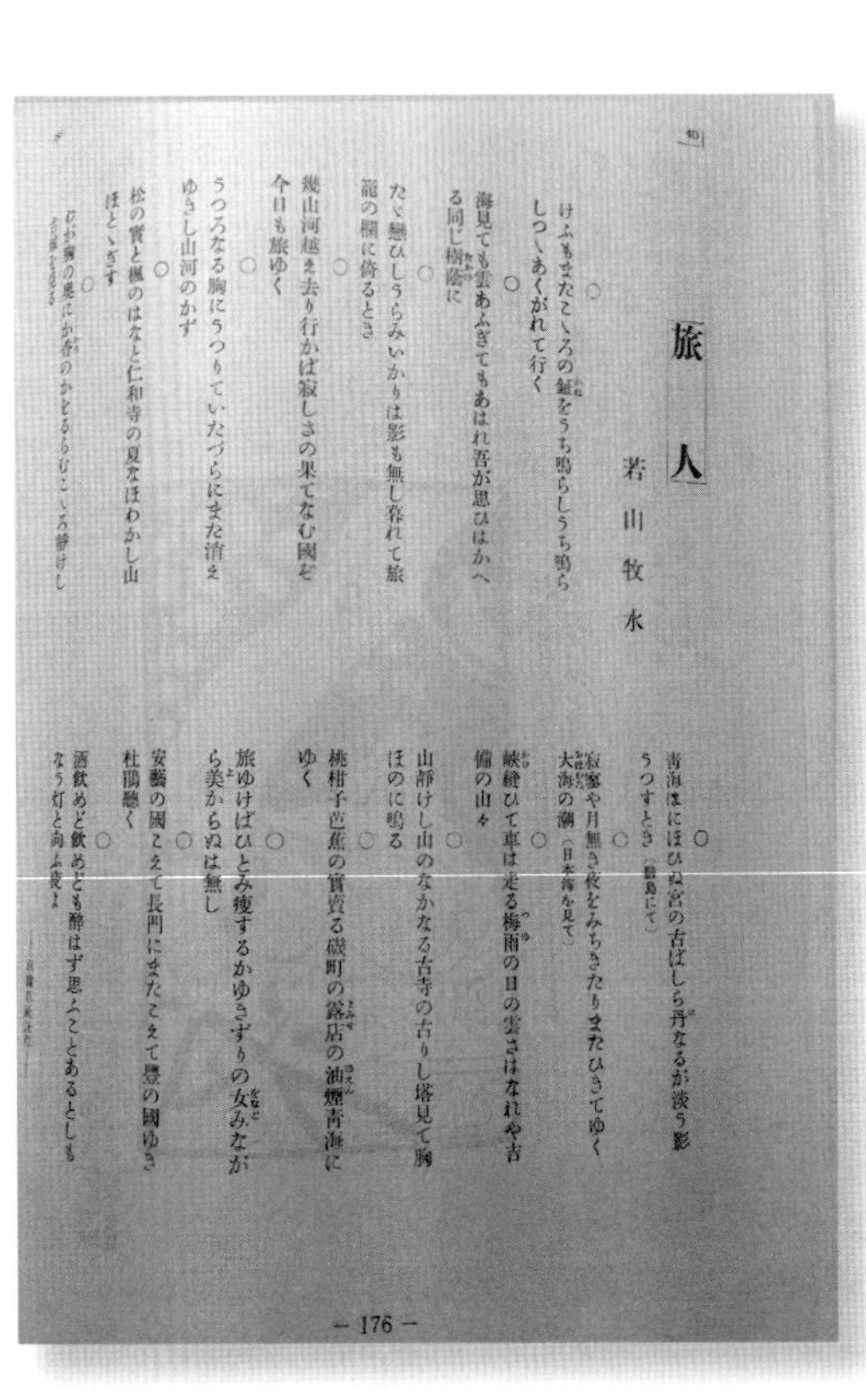

旅人

若山牧水

○けふもまたこゝろの鉦をうち鳴らしうち鳴らしつゝあくがれて行く

○海見ても雲あふぎてもあはれ吾が思ひはかへる同じ樹蔭に

○たゞ戀ひしうらみいかりは影も無し暮れて旅籠の欄に倚るとき

○幾山河越え去り行かば寂しさの果てなむ國ぞ今日も旅ゆく

○うつろなる胸にうつりていたづらにまた消えゆきし山河のかず

○松の實と楓のはなと仁和寺の夏なほわかし山ほとゝぎす

○わが胸の奥にか香のかをるらむこゝろ静けし

○青海はにほひぬ宮の古ばしら丹なるが淡う影うつすとき（嚴島にて）

○寂寥や月無き夜をみちきたりまたひきてゆく大海の潮（日本海を見て）

○峽縫ひて車は走る梅雨の日の雲さはなれや吉備の山々

○山靜けし山のなかなる古寺の古りし塔見て胸ほのに鳴る

○桃柑子芭蕉の實賣る磯町の露店の油煙青海にゆく

○旅ゆけばひとみ痩するかゆきずりの女みながら美からぬは無し

○安藝の國こえて長門にまたこえて豐の國ゆき杜鵑聽く

○酒飲めど飲めども醉はず思ふことあるとしもなう灯と向ふ夜よ

— 176 —

◆集體評論◆

◎谷馨（『現代短歌』（1951、東京：学燈社））

（略）「空の青」「海のあを」を現実・世俗の象徴とし、「白鳥」を憧憬・純粋の象徴としたものと解すべきであろう。

◎木俣修（『近代短歌の鑑賞と批評』（1964、東京：明治書院））

白鳥はいま見ている白鳥であると同時に、自らの姿である。世にまじることなく、ひとり魂をはばたかせている自らを、青春多感の牧水は、白鳥に擬したのである。

◎森脇一夫（「若山牧水」（和歌文学会（編）『和歌文学講座第11巻秀歌鑑賞Ⅱ』（1970、東京：桜楓社））

「哀(かな)しからずや」という表現は、白鳥に語りかけたともとれるし、読者に共感をもとめる語調ともとれる。白鳥に語りかけたのならば「白鳥よ、お前は哀しくないか、おれは哀しい」という意であり、読者に共感をもとめるのであるならば「諸君、あの白鳥は哀しくはないか、私は哀しい」という意になる。いずれにしても反語表現であって、哀しみの主体は作者自身なのである。私は牧水の多くの作品の表現形式からみて、読者に共感をもとめる気持であろうと考えている。

◎森脇一夫（若山牧水（他著）『与謝野晶子　若山水窪田空穂集』（1971、東京：角川））

初出「新声」（明40・12）。『海の声』より再録。初出では第一句「白鳥（はくてう）は」。第三・四句「海の青そらのあをにも」。初出に比して語調もととのい、イメージがずっと明瞭になった。

◎佐佐木幸綱（「国文学解釈と教材の研究　臨増　鑑賞・近代の名歌名句1000」1978年9月））

空と海の青を背景に、ぽっつりと浮かんでいる（飛んでいるのではあるまい。海に浮いているのだろう）純白の鳥。明るく、鮮明な色彩感がこの歌の人気を支える一つの要因ではあろうが、全面青く塗られた画面に、白いまま染め残されてしまったような、何か、たとえば時代社会に取り残されてしまったような孤独を表現した歌と取っておきたい。

◎山口理（『俳句　短歌　百人一首』（2003、東京：偕成社））

「空の青」は澄みきったきれいな青。「海のあを」は、深い青、つまり藍色に近い色なんだよ。

九

はたらけど働(はたら)けど猶(なほ)我(わ)が生活(くらし)樂(らく)にならざりぢつと手(て)を見(み)る

（「東京朝日新聞」1910年8月4日）

試譯：

即使再打拼，即使打拼卻依然，生活不輕鬆，我翻出勞動胼手，仔仔細細瞧究竟。

作者生平

石川啄木（いしかわ・たくぼく，1886-1912）岩手縣人，本名石川一。小學以第一名成績卒業時，已被譽爲「神童」。1909年9月，由於違反盛岡中學校的考試規定而辦理退學；翌月，首度於「明星」發表短歌。歷任岩手縣、北海道等地小學的代用教員，1909年起，進入「東京朝日新聞」擔任校正。1910年，出任「朝日歌壇」選者，同年出版第一歌集『一握の砂』，以每首三行書寫的形式詠嘆生活感情，獲得廣大迴響。晚年在其肺結核病榻旁，有友人若山牧水前來照料。逝後不久，第二歌集『悲しき玩具』始問世。『啄木全集』（1967-68、東京：筑摩書房）。

集體評論

◎谷馨（『現代短歌』（1951、東京：学燈社））

抒情の根底に、社会主義思想が鉱脈の如く横たわっているのを、何人も看取することができよう。従って、よく政治演説などにも引かれるが、単なるスローガンに終ってはいない。生活の実感が、具体的に、真率純樸に詠歎せられているので、詩としての感銘が強い。結句の「ぢつと手を見る」が自然で、具象的でよいのである。「手」は、即ち勤労の象徴である。

◎木俣修（『近代短歌の鑑賞と批評』（1964、東京：明治書院））

啄木の歌の大衆に浸潤したのは、その感傷味とともに、こうした平易な社会批判を根底とした生活実感がいきいきと盛られているからであるといってよい。

◎俵万智（『言葉の虫めがね』（1999、東京：角川））

ナルシシズム、ということは、彼の作品に対して、よく言われることだ。まるで悲劇のヒーローのように、自分の不幸に酔って、やすやすと甘い涙を流しているではないかと。

十

かにかくに祇園(ぎをん)はこひし寐(ぬ)るときも枕(まくら)の下(した)を水(みづ)のながるる

（「京都日出新聞」1910年5月26日）

試譯：

祇園種種事，真教人依依留戀。寢寐那時分，枕頭下也會傳出，河川潺潺流水聲。

作者生平

吉井勇（よしい - いさむ，1886-1960）東京人，早稻田大学肄業。早先活躍於詩歌雜誌「明星」，該誌廢刊後、由森鷗外創辦的文藝雜誌「スバル」，勇與啄木等人接下編輯任務。『酒ほがひ』『祇園歌集』等相繼問世，其耽美歌風膾炙於人口，但也被視之爲「遊蕩文學」而必須嚴加撲滅。暮年，當選日本藝術院會員。『吉井勇全集』（1963-64、東京：番町書房）。

集體評論

◎前田透（「国文学解釈と教材の研究 臨増 鑑賞・近代の名歌名句1000」1978年9月）

勇の頽唐歌調というのは享楽沈淪の世界を歌ってそこに明るい哀感が流れているのが特徴である。「かにかくに」という言い方に人生流転のひとときを暗示し、それが結句の「水の流るる」に照応する。

◎三井修（三枝昂之（他編）『岩波現代短歌辞典』（1999、東京：岩波））

祇園という紅灯の巷が漂わす耽美的なデカダンの匂いは、伯爵家に生まれながら一人の市井の歌人として生きようとしていた多感な青年が彷徨するのに相応しい場所であったに違いない。

問題與討論

一、近代短歌作品之中，請就你涉獵過的範圍，挑選出最有共鳴的一首。試默寫出五・七・五・七・七原文，並說明其引人入勝之處。

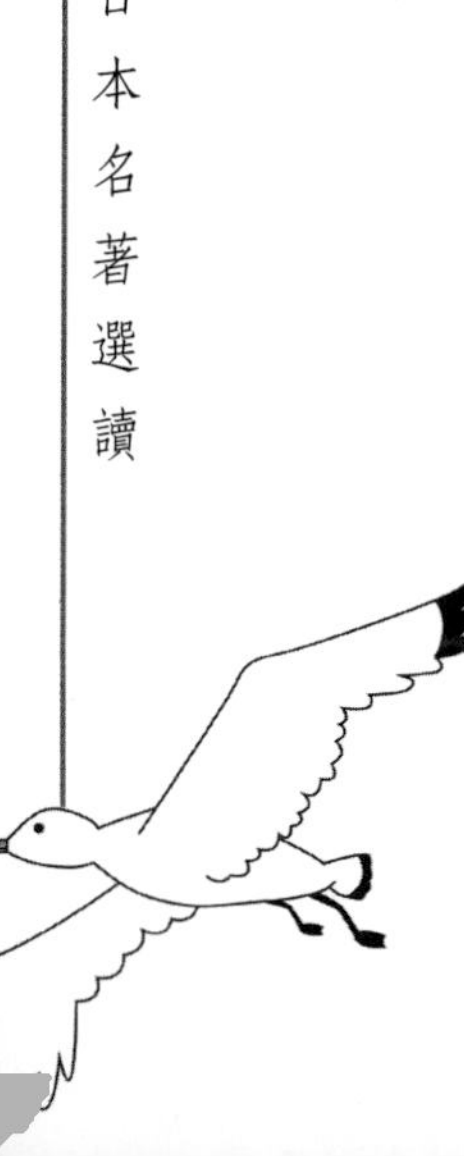

參考文獻

【中譯】

1. 「懸物」：周作人（等譯）『現代日本小說集』（1959、香港：建文書局）所收魯迅（譯）「掛幅」、張秋明（譯）『夢十夜』（2002、臺北：一方）所收
2. 「麒麟」：李漱泉（譯）『神與人之間』（1934、中華書局）所收歐陽成（譯）「麒麟」（「風雨談」1943年5月）、柳鳴九（編）『世界短篇小說精品文庫 日本卷』（1996、福州：海峽文藝）所收趙樂甡（譯）「麒麟」
3. 「高瀨舟」：柳鳴九（編）『世界短篇小說精品文庫 日本卷』（1996、福州：海峽文藝）所收李芒（譯）「高瀨舟」、高慧勤（譯）『高慧勤譯經典舞姬』（2013、青島：青島出版社）所收
4. 「鼻」：張我軍（譯）「鼻」（「北京近代科學圖書館館栞」1939）、文潔若（譯）『羅生門』（2001、臺北：遊目族）所收、魯迅（譯）『魯迅譯文全集 第二卷』（2008、福建：福建教育）所收
5. 「山月記」：盧錫熹（譯）「山月記」（「風雨談」1943年10月）、杜國清（譯）「一個日本作家寫的中國寓言 山月記」（「聯合報」1978年9月22日）
6. 「雨ニモマケズ」：平野芳己（等編著）『日本名作高效閱讀』（2004、北京：中國宇航）所收吳小璀（譯）「我

的心願」、顧錦芬（譯）『不要輸給風雨：宮澤賢治詩集』（2015、臺北：商周）

【作者生平】

1. 竹盛天雄（編集・評伝）『新潮日本文学アルバム1　森鷗外』（1985、東京：新潮社）
2. 小田切進（編集・評伝）『新潮日本文学アルバム2　夏目漱石』（1983、東京：新潮社）
3. 岩城之徳（編）『新潮日本文学アルバム6　石川啄木』（1984、東京：新潮社）
4. 笠原伸夫（編集・評伝）『新潮日本文学アルバム7　谷崎潤一郎』（1985、東京：新潮社）
5. 天沢退二郎（編）『新潮日本文学アルバム12　宮沢賢治』（1984、東京：新潮社）
6. 関口安義（編）『新潮日本文学アルバム13　芥川龍之介』（1983、東京：新潮社）
7. 谷沢永一（編）『新潮日本文学アルバム14　斎藤茂吉』（1985、東京：新潮社）
8. 和田茂樹（編）『新潮日本文学アルバム21　正岡子規』（1986、東京：新潮社）
9. 入江春行（編）『新潮日本文学アルバム24　与謝野晶子』（1985、東京：新潮社）
10. 山本太郎（編）『新潮日本文学アルバム25　北原白秋』（1986、東京：新潮社）
11. 中島敦『中島敦：1909-1942』（1992、東京：筑摩書房）
12. 真下三郎（他監修）『新編日本文学史』（2003、東京：第一学習社）

◆跋

如何爲杏壇編纂理想的『日本名著選讀』？早期，張我軍（「日文與日語」1935年12月）即曾經構思一套宏偉的計劃，其以『日漢對譯詳注日本近代名著選集』爲題的鉅著，挑出「明治維新以來直至現代的作家中選其有不朽之價值的作品」，涵括小說、戲劇、小品文、評論等四種類型，再附加小傳、文藝變遷史、年表，預計六年完成二十四卷，卻未能如期付梓，令人無限惋惜。

戰後，左秀靈『日本名著選讀』、林麗霞『日本文學名著選讀——近代編』、林水福『近代日本文學選』等相繼打造了可觀的成果，其選材，多以小說爲主，或附漢譯、或添註解，間之以作者生平、年譜、年表、練習、梗概、問題研究、名言名句等，裨益於學林。然而，張我軍當初的巨構，似乎與此一現狀之間橫亙著不少差距。

回顧上述出版軌跡，我們不難察覺到「作品論」的部分顯然未獲得應有的重視；短歌領域，亦未見到較有系統的介紹。有鑑於名著教材尚有精進的空間，2014年3月，我接受了五南圖書的提案。時值網路e世紀，加工過後的電子檔案唾手可得，但依管見：必須竭盡所能追求原件、確認文本的初始樣貌，以便釐清創作意圖。移譯階段，若未參酌可敬的舊譯，則往往無法安心握筆；偶有些許文句未能在文型手冊之中覓得滿意解答，不禁感嘆操觚人士何其講究遣詞用字的工夫；定稿之際，幸承邱若山教授斧正而增色，當然，一切文責仍在筆者。爲了服務讀者有效地hold住整個文本，深感有必要跋涉於臺北、東京之間以利蒐集更具代表性的詮釋觀點（途中，個人也順勢貢獻了三篇材源論）。至於「高瀨舟」的文學寫眞，多勞留學京都的yuki攝影，並蒙西陣織物館正式發行登載許可，在此一併致謝。

名家雖皆已辭世長達半世紀以上，其文采、構思的巧妙之處，依然値得玩味再三。謹以此書向列島文豪行最敬禮。

賴衍宏

頼衍宏――らい・えんこう

●1972年台中生まれ。東京大学総合文化研究科比較文学比較文化専攻学術博士。現在、静宜大学副教授。

●「中央研究院2013明清研究国際研討会「日本との比較という観点から明清漢籍を詳しく見る」というパネルの召集者。『第九屆忠義文学奨・得奨優良作品専輯』、『漢字文化研究：漢検漢字文化研究奨励賞受賞論文集』にそれぞれ「佳作」が収録されている。第20回記念「草枕」国際俳句大会外国語部門特選に入賞。著書に『日本語時代の台湾短歌―結社を中心にした資料研究』『日本文学管見―和習、短歌、作品論』など。

國家圖書館出版品預行編目資料

日本名著選讀／賴衍宏校譯、編著.
-- 初版. -- 臺北市：五南，2017.1
面； 公分
ISBN 978-957-11-8841-6（平裝）

861.37 105017289

1XOP

日本名著選讀

作　　者 — 賴衍宏
發 行 人 — 楊榮川
總 編 輯 — 王翠華
主　　編 — 朱曉蘋
封面設計 — 陳翰陞
出 版 者 — 五南圖書出版股份有限公司
地　　址：106台北市大安區和平東路二段339號4樓
電　　話：(02)2705-5066　傳　真：(02)2706-6100
網　　址：http://www.wunan.com.tw
電子郵件：wunan@wunan.com.tw
劃撥帳號：01068953
戶　　名：五南圖書出版股份有限公司
法律顧問　林勝安律師事務所 林勝安律師
出版日期　2017年1月初版一刷
定　　價　新臺幣420元

1966	1965	1964	1963	1962	1961	1960	1959	1958	1957	1956	1955	1954	1953	1952	1951	1950	1949	1948	1947	1946	1945	1944	1943	1942	1941	1940	1939	1938	1937	1936	1935	1934	1933	1932

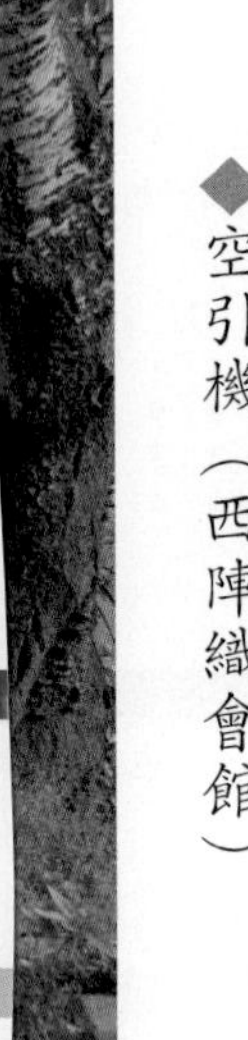

◆空引機（西陣織會館）

高瀬川の水運

京都は古代・中世を通して日本最大の都市であり、経済・文化の中心であった。この情況は近世に入ってもかわらなかったが、内陸部に位置していたため、交通運輸の面で大きな隘路を抱えていた。これを打開するために開発されたのが、大量輸送を目的とした、伏見・二条間をつなぐ高瀬川

◆橋頭

かにかくに碑

かにかくに 祇園はこひし 寝るときも 枕のしたを 水のながるる

この歌は、祇園をこよなく愛した歌人として知られる吉井勇（一八八六～一九六〇）が明治四十三年（一九一〇）に詠んだ一首で、彼の歌集「酒ほがひ」に収められている。

当時は白川の両岸に茶屋が建ち並び、建物の奥の一間は川の上に少々突き出ており、「枕のしたを 水のながるる」はその情景を詠んでいる。しかし、第二次世界大戦下の昭和二十年（一九四五）三月、空爆の疎開対策に白川北側の家々は強制撤去され、歌碑が建っているこの地にあった茶屋「大友」も犠牲になった。大友は当時の文人、画人たちと幅広く交流のあった磯田多佳の茶屋である。

昭和三十年十一月八日、友人たちにより吉井勇の古稀（七十歳）の祝いとして、ここに歌碑が建立された。発起人には、四世井上八千代、大谷竹次郎、大佛次郎、久保田万太郎、里見弴、志賀直哉、新村出、杉浦治郎右衛門、高橋誠一郎、高山義三、谷崎潤一郎、堂本印象、中島勝蔵、西山翠嶂、湯川秀樹、和田三造などそうそうたるメンバーが顔をつらねた。

以来、毎年十一月八日には吉井勇を偲んで「かにかくに祭」が祇園甲部の行事

◆吉井勇碑

1930 1929 1928 1927 1926 1925 1924 1923 1922 1921 1920 1919 1918 1917 1916 1915 1914 1913 1912 1911 1910 1909 1908 1907 1906 1905 1904 1903 1902 1901 1900 1899 1898 1897 1896 1895 1894

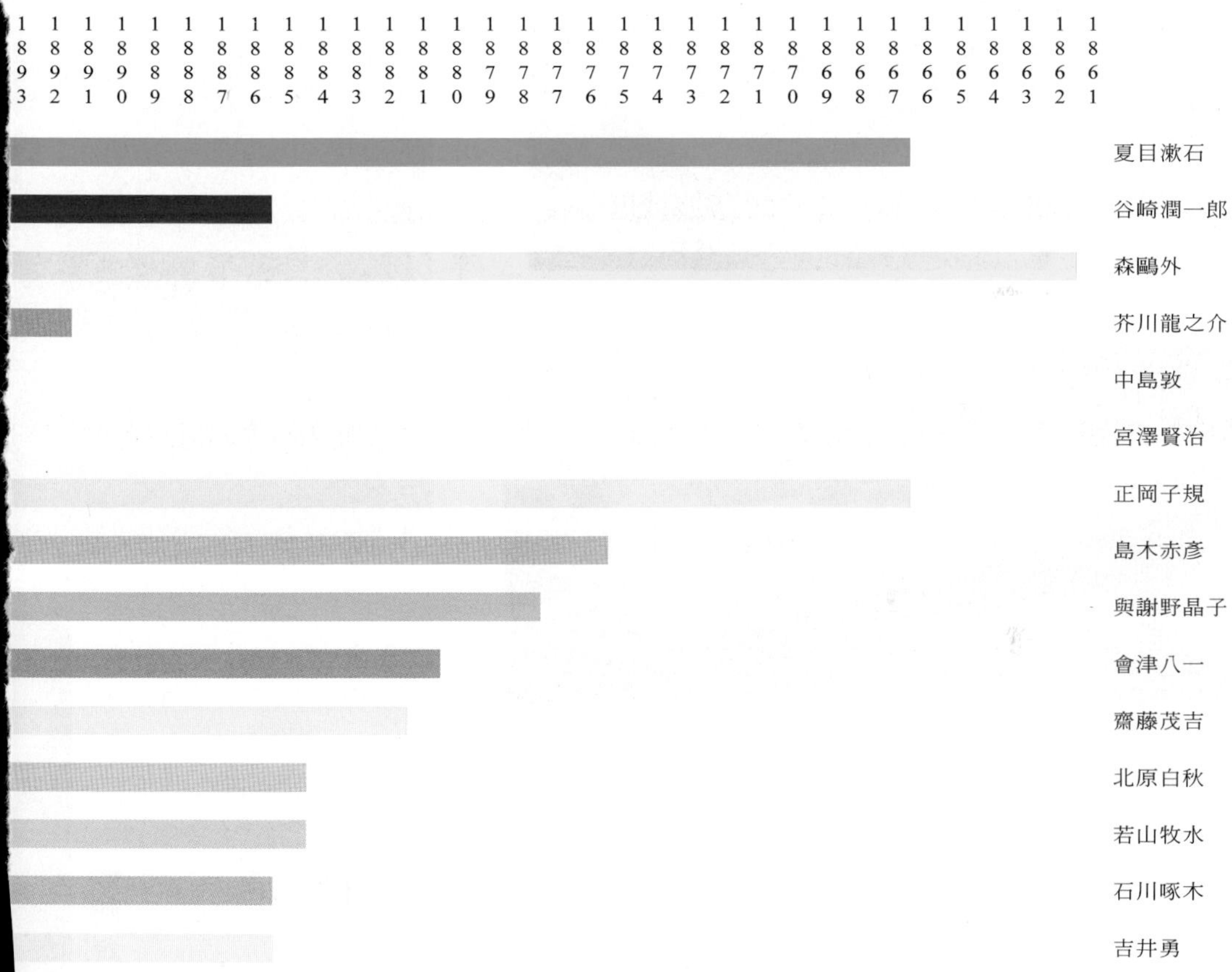

1893 1892 1891 1890 1889 1888 1887 1886 1885 1884 1883 1882 1881 1880 1879 1878 1877 1876 1875 1874 1873 1872 1871 1870 1869 1868 1867 1866 1865 1864 1863 1862 1861

夏目漱石

谷崎潤一郎

森鷗外

芥川龍之介

中島敦

宮澤賢治

正岡子規

島木赤彥

與謝野晶子

會津八一

齋藤茂吉

北原白秋

若山牧水

石川啄木

吉井勇

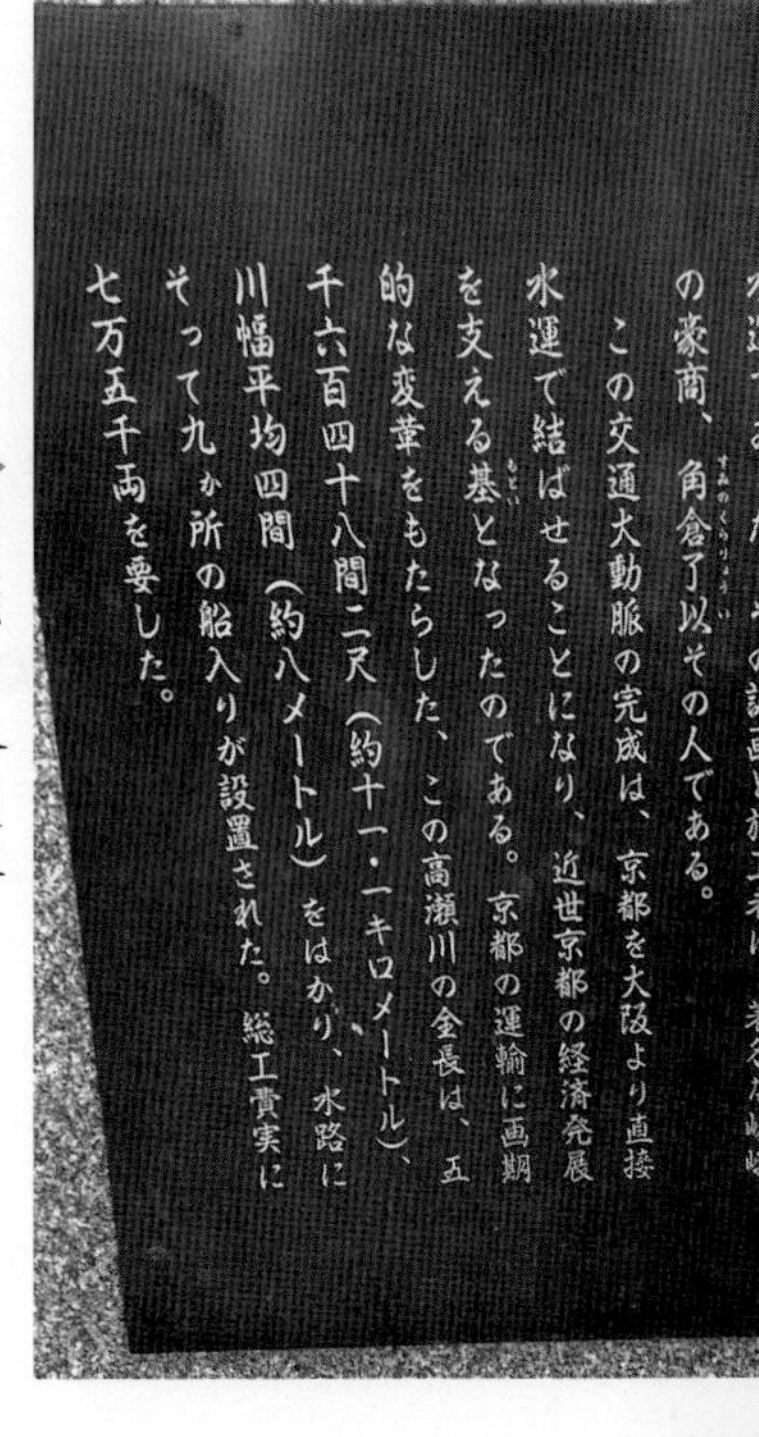

水運であった。その計画と施工者は、著名な嵯峨
の豪商、角倉了以その人である。
この交通大動脈の完成は、京都を大阪より直接
水運で結ばせることになり、近世京都の経済発展
を支える基となったのである。京都の運輸に画期
的な変革をもたらした、この高瀬川の全長は、五
千六百四十八間二尺（約十一・一キロメートル）、
川幅平均四間（約八メートル）をはかり、水路に
そって九か所の船入りが設置された。総工費実に
七万五千両を要した。

◆高瀬川水運碑

◆高瀬舟繫於櫻前

◆以舟載貨

◆解説牌

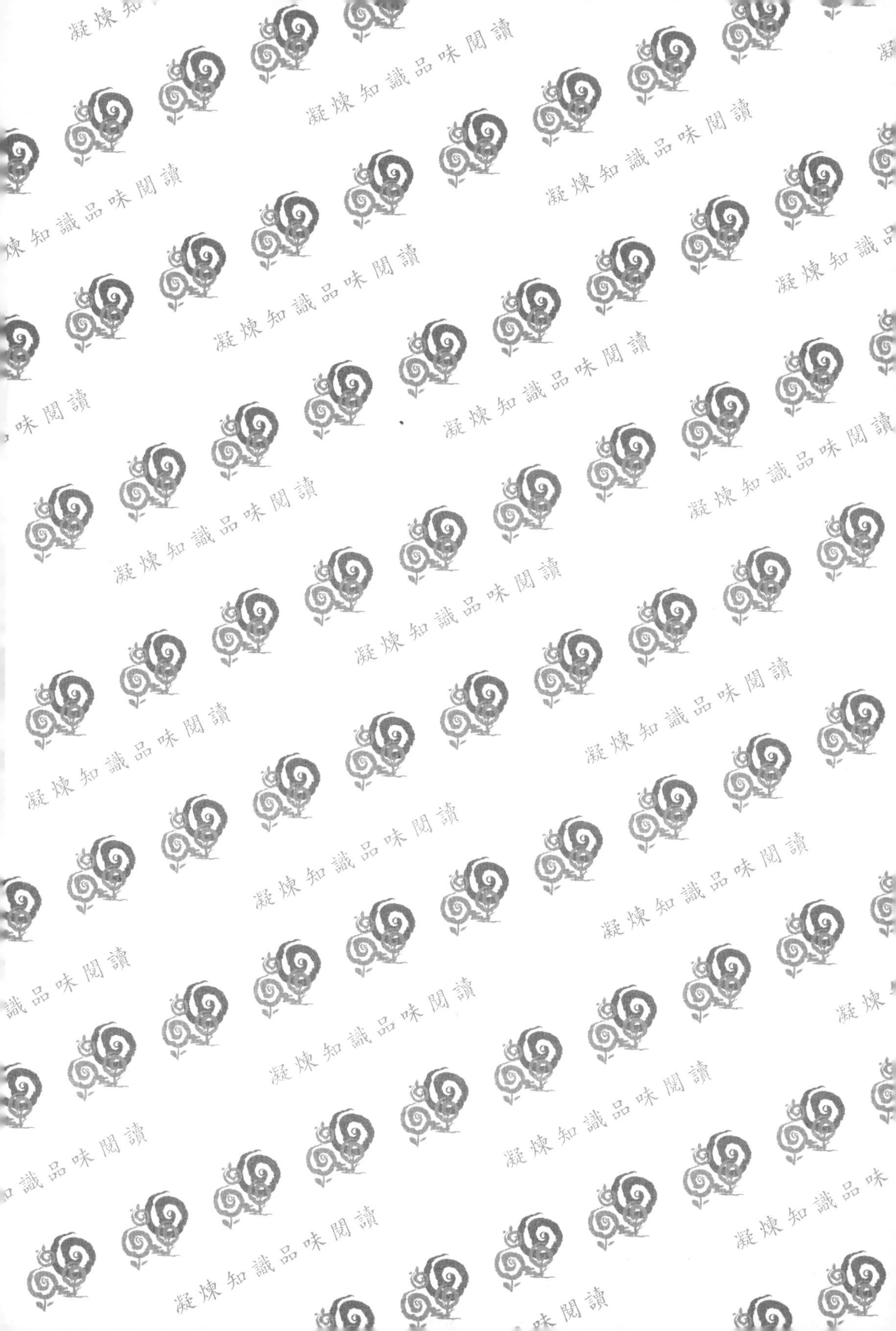

凝煉知識品味閱讀